도서관을 떠나는 책들을 위하여

제16회
세계문학상
수상작

도서관을 떠나는 책들을 위하여

오수완
장편소설

나무옆의자

차례

서문

    호펜타운 반디멘 재단 도서관Library Of Van Diemen Foundation In Hoffentown이 지난 6월 30일에 공식적으로 문을 닫았다. 시의회는 도서관을 인수하는 대신 메이슨 다리에서 호펜타운으로 이어지는 도로를 보수하고 주변 경관을 개선하는 데 예산을 쓰기로 결정했다. 침체된 지역 경제를 살리기 위해서는 관광 수입을 늘려야 한다는 의견에 반대의 목소리는 거의 없었다. 시가 인수를 거부함에 따라 반디멘 재단은 도서관 부지와 건물을 매각하기로 했다. 매각이 완료되면 도서관은 식당으로 개조될 것으로 보인다.

    호펜타운 반디멘 재단 도서관은 클라우스 반디멘이 세운 156개의 도서관 중 하나다. 작은 버스회사를 전국에서 가장 큰 운송회사로 키운 반디멘은 은퇴에 즈음해 거액을 기부해서 재단을 세웠다. 설립 목적은 지역 문화의 보존과 교육 기회의 균등한 제공을 위해 전국에 도서관을 짓는 것이었다. 재단이 토지를 매입하고 도서관을 지으면 일정한 시간이 지난 뒤 정부가 토지와 건물을 매입하는 형식이었는데 이는 반디멘이 모델로 삼았던 카네기의 방식을 따른 것이었다.

각 도서관은 지역의 역사와 풍습에 관련된 문서를 보존하고 지역 특색을 살린 장서를 보유하는 걸 운영 원칙으로 삼았다. 즉 모든 도서관은 지역 도서관인 동시에 특수 목적 도서관이기도 했다. 재단의 위원회는 지역 주민의 의견을 최대한 반영해 장서의 주제를 결정했다. 호숫가에 세워진 어떤 도서관은 운하의 운영과 운송에 관한 한 국회 도서관에 맞먹는 대규모 장서를 갖게 됐다. 마찬가지로 어떤 도서관은 국립공원에 관한 장서를, 또 어떤 도서관은 사설 사격장에 대한 대규모의 자료를 확보했는데 모두 도서관이 위치한 도시의 개성에 어울리는 장서였다. 특색이랄 것 없는 도시라 해도 어떻게든 장서의 주제는 정해졌는데 그럴 때는 재단의 위원회가 심의를 거쳐 주제를 결정했다. 그래서 모든 반디멘 도서관은 지역 이름 외에 주제에 맞는 또 하나의 이름이 붙었다. 그림책 도서관, 영화 도서관, 아랍 문학작품 도서관, 증기기관 기술 도서관, 아프리카 전통 요리 도서관 등이 그 이름이었다.

호펜타운 반디멘 재단 도서관에도 그런 이름이 있었다. 바로 **어디에도 없는 책들을 위한 도서관**Library For Nowhere Books이었다. 이 이름은 도서관 출입문 옆의 동판에 양각돼 있었다. 동판은 낡아서 먼지가 끼었지만 양각된 글자만은 세월에도 불구하고 광택을 잃지 않았다. 그건 도서관의 시설 관리와 청소 일을 38년 동안 해온 윌킨스 부부가 매주 번갈아서 해온 걸레질 덕분이다.

호펜타운 주민들 중에 도서관에 이런 이름이 붙은 이유를 아는 사람은 아무도 없었다. 호펜타운은 중서부에 위치한 인구 11만 8천 명의 작은 도시로, 도시의 명물로 꼽을 수 있는 것은 20세기 말에 폐쇄된 호펜타운 철도역과 게일 대학, 그리고 크랜베리 잼으로 유명한 쉴랜더Schilander사의 생산 공장 정도다. 누가 생각해봐도 '어디에도 없는 책들을 위한 도서관'은 호펜타운에 결코 어울리는 주제는 아니었다. 도서관 설립 당시의 문서 어디를 봐도 이에 대한 설명은 나와 있지 않다.

호펜타운 도서관이 전국의 반디멘 재단 도서관 156개 중 153번째로 지어졌다는 사실과 도서관 설립 당시의 상황을 고려하면 이 문제에 관해 어느 정도 실마리를 얻을 수 있을 것이다. 당시에는 철도역에 비록 소규모지만 철도 박물관이 있어 철도에 관한 장서를 짜임새 있게 구비하고 있었다. 그리고 게일 대학은 이미 주에서 가장 큰 규모의 장서를 보유하고 있었다. 재단 위원회는 이들과의 중복을 피하고 싶었을 것이다. 남은 것은 크랜베리 잼뿐이었지만 그에 대한 장서를 구비하는 것은 기업과 유착하는 것으로 여겨져 기피했을 것이다.

그럼에도 '어디에도 없는 책들을 위한 도서관'이라는 일견 괴상해 보이는 이름이 붙은 이유를 설명할 수 있는 길은 없다.

상상력을 발휘해보자면 도서관 개관을 준비하던 재단 위원회는 주제를 선택하는 데 어려움을 겪었을 것이다. 도서관학, 서지학, 정보분류학, 경영학의 전문가들로 구성된 위원회는 듀이 십진 분류표를 펼쳐놓고 머리를 맞대고 끙끙댔을 것이다. 너무 포괄적이지도 너무 지엽적이지도 않으면서 다른 분류와 중첩되지 않는, 그것도 가능하면 지역 특색과 연관되는 주제를 찾는 일은 재단 설립 초기에는 그리 어렵지 않았을 것이다. 그러나 같은 일을 153번째로 한다면, 게다가 그 대상이 호펜타운처럼 별 특징 없는 곳이라면. 어떻게든 호펜타운의 특징을 찾아보려는 노력은 모두 실패로 돌아가고 말았을 것이고 지식과 정보를 모두 사용하고서도 아무 결론을 내리지 못한 그들은 마침내 상상력과 창의력을 동원했을 것이다. 이렇게 특색 없는 마을이 세상에 있을 리가 없어. 그러면 세상에 있을 리가 없는 책들을 이곳에 보내면 되겠군.

이런 가정은 흥미롭기는 하지만 믿기는 어렵다. 아마 실제로는 더 현실적인 동기가 개입됐을 것이다. 재단은 매년 꾸준히 새로운 책들을 수서했는데 그것들 중 다른 어떤 도서관의 어떤 서가에도 들어갈 수 없는 책들을 모아둘 곳이 필요했을 것이다. 그 책들은 갈 곳이 없는 책들이었고 분류표에 들어가기 어려운 책들이었다. 즉 호펜타운 반디멘 도서관은 전체 반디멘 재단 도서관에서 달리 분류할 곳 없는 책들을 수장하기 위한 도서관으로 선정된 것이다. 호펜타운 도서관 설립 초기에 재단 본부와 도서관은 꽤 많은 책을 주고받았는데, 이를 통해 이 가설이 어느 정도 타당하다는 것을 확인할 수 있다.

위원회가 붙인 이름이 정확히 어떤 뜻을 가리켰건 간에 '어디에도 있을 곳이 없는 책들Nowhere Books'이란 이름은 오해를 일으키기에 딱 알맞았다. 그것은 '어디에도 없는 책들'이거나 '어디에서도 찾을 수 없는 책들'을 가리키기도 했다. 즉 호펜타운 반디멘 재단 도서관은 그 이름에서 달리 분류하기 어려운 거추장스러운 책들뿐만 아니라 세계에 단 하나뿐인 유일본이나 희귀본, 심지어는 이미 유실된 책이나 아예 존재한 적도 없는 책들을 수장하고 있다는 인상을 풍겼다.

호펜타운 반디멘 재단 도서관이 개관 이후 38년 동안 기형적으로 운영된 데는 이 괴상한 이름이 어느 정도 영향을 미쳤을 것이다. 그러나 더 근본적인 이유는 재단의 무관심과 방치였다. 도서관은 개관 이후 늘 재정적인 곤란을 겪어야 했다. 당시는 사업의 막바지여서 재정이 거의 고갈된 데다 클라우스 반디멘의 사후에 유산을 상속받은 가족이 재단을 상대로 소송을 벌이고 있었다. 추가적인 지원이 끊긴 상태에서 도서관은 지역사회에 안착할 방법을 스스로 찾아 나설 수밖에 없었다. 한때 여덟 명에 이르렀던 사서는 개관 5년 후에는 한 명으로 줄었고 다시는 늘지 못했다. 더 큰 문제는 수서의 어려움에 있었다. 도서 구매 예산은 턱없이 부족했고 재단 본부의 공급 역시 충분하지 않았다. 전국의 반디멘 도서관이 같은 문제를 겪은 건 아니었다. 호펜타운 도서관의 신간 증가량은 전국 평균에 훨씬 못 미쳤는데 재단은 호펜타운의 인구와 도서관 이용자 수 등의 근거를 들어 호펜타운 도서관에 대한 예산 증액을 거부했다. 도서관이 장서량을 늘릴 수 있는 방법이라고는 기증뿐이었다. 당시 도서관의 유일한 사서였던 내 전임자 베니스터 폴센 Bennister Poulsen(이하 BP)은 전국의 도서관, 출판사, 독서 클럽에 도서 기증을 부탁하는 편지를 보냈다. 그러나 재단은 편지 발송을 금지했는데 진흙탕 싸움으로 변하고 있는 소송에 악영향을 줄 것을 우려했기 때문이었다. 그래서 그는 도서관 입구에 포스터를 붙여놓는 것으로 자신의 할 일을 다했다. 도서 기증 환영.

BP의 회고에 따르면 첫 번째 기증자는 40대 초반의 남자였다.

"한 손에 가방을 꼭 쥐고 있었어. 얼굴은 잔뜩 긴장하고 있었고. 저 문을 열고 똑바로 나를 향해 걸어왔지. 내가 물었지. 무엇을 도와드릴까요? 남자는 여기가 정말 어디에도 있을 곳이 없는 책들을 위한 도서관이 맞느냐고 물었어. 그리고 바깥에 보니 도서 기증을 환영한다고 하던데 혹시 누군가 어디에도 있을 곳이 없는 책을 가져온다면 그 책을 기증받느냐고 묻더군. 그래서 우리 도서관은 언제나 도서 기증을 환영한다고 대답했지. 그리고 기증하고 싶으신 책이 있는지 물었어. 남자가 잠깐 뜸을 들이더니 가방에서 책한 권을 꺼내 내 책상 위에 올려놓더군. 그건 타이프라이터로 친 뒤 직접 표지를 만들고 제본해서 묶은 원고였어. 흔히 사가본이라 부르는 것 말이야. 남자에게 양해를 구하고 첫 몇 페이지를 넘겨 봤어. 성장 이야기를 담은 소설이었는데 읽어본 적 없는 거였어. 물어보니 직접 썼다더군. 출간된 적은 없다고 덧붙였고. 그런데 그 말을 듣는 순간 모든 사정을 다 알겠더군. 그 사람은 작가가 되고 싶었던 거야. 그는 오랫동안 혼자서 글을 썼고 그렇게 쓴 글을 모아서 책으로 만들었어. 그 글을 출판하기 위해 그는 여러 곳, 아마 수십 곳의 출판사에 원고를 보냈을 거야. 거절 편지를 받을 때마다 그는 자신의 글에서 문제점을 찾아내 고쳐나갔지. 그리고 계속 투고하고 계속 거절당했지. 거절이 거듭되는 동안 그는 자신을 의심하고 절망했다가 다시 용기를 내 희망을 가졌다가 다시 현실의 벽에 부딪혔다가 하는 과정을 반복했어. 그러다 어느 날 알게 됐지. 이 글이 책이 되어 나오는 일은 없을 거라는 걸. 그는 이제 작가가 되려는 꿈은 포기했어. 포기하고 나니 마침내 홀가분해졌지. 그동안 자신을 옥죄던 사슬이 사라졌으니까. 그런데 그게 아니었어. 뭔가가 남아 있었던 거야. 바로 그 글이었지. 그는 그 글을 어떻게든 책으로 내야 했어. 왜냐면 그 글을 쓰느라 그가 바친 시간, 노력, 희생이 그걸 요구했으니까. 그래서 그가 우리 도서관을 찾아왔던 거지. 어디에도 없는 책들을 위한 도서관. 만약 세상 어디에도 그의 책을 출간해주는 곳이 없다면 이 도서관이야말로 그의 책에게 허락된 세상의

13

유일한 장소 아니겠어? 나는 당장이라도 그의 책을 도서관의 빈 서가에 꽂아주고 싶었어. 하지만 그럴 수 없었지. 그에게 2주만 시간을 달라고 했지. 책 내용도 살펴봐야 했지만 무엇보다 재단 위원회가 마음에 걸렸어. 더 이상 마찰을 빚고 싶지 않았거든. 난 그날 저녁 남자가 쓴 책을 다 읽고—내용은 그런대로 괜찮았어. 내 취향은 아니었지만—다음 날 위원회에 질의서를 보냈어. 이런저런 내용의 사가본인데 기증을 받아도 되겠느냐는 거였지. 내 생각에 '어디에도 없는 책들을 위한 도서관'이라면 사가본을 수서하기에 더없이 어울리는 곳이며 재단의 부족한 재정 지원 속에서 도서관의 부족한 장서를 보충하는 데 좋은 방법이 될 거라고 덧붙였지. 답장은 그다음 주에 왔는데, 이 책은 물론이고 앞으로도 계속 사가본을 수서해도 좋다는 거였어. 나는 그날 바로 남자에게 전화를 걸었지. 귀하가 기증하신 책이 반디멘 도서관의 장서 목록에 등록, 까지 얘기했는데…… 남자가 숨을 들이켜는 소리가 들리더군."

호펜타운에는 작가가 되고 싶어 하는 사람이 많았다. 그들에게는 정원 가꾸기, 쿠키 만들기, 이웃과 원만하게 지내기, 영적·성적 고취를 위한 기도법, 세계를 뒤흔들려는 유대인의 음모 등에 관한 세상에 알려지지 않은 증거와 생각, 비결 등이 있었고 그것을 알려야 한다는 사명감 또한 있었다. 그들은 노트나 종이에 그것들을 빠짐없이 기록하고 표지까지 만든 다음 책 모양으로 묶어서 어느 날 도서관을 찾아왔다. BP는 기증자를 위해 기증확인서 서식을 만들었는데 거기에는 책의 제목, 저자, 출판일, 출판사—물론 그중에는 제대로 된 출판사에서 나온 책은 한 권도 없었지만 기증자의 의사를 존중하는 의미에서 만약 그런 게 있다면 표지에 적힌 출판사 이름을 그대로 적었다—, 기증자, 기증일, 그리고 책의 내용을 간략히 적도록 돼 있었다. 기증자는 몇 가지 질문에 체크를 한 뒤 마지막 줄에 서명을 했다. 기증확인서는 반년 단위로 묶어 보관했다. BP는 이 일에 '지역 작가와의 협력 프로그램'이라는 이름을 붙였다.

BP는 그 일을 31년 동안 하고 은퇴했다. 나는 그가 하던 일을 물려받았다. 폐관이 결정된 후에 사가본을 원래의 기증자인 작가에게 돌려주기로 했기 때문에 마지막 몇 달 동안 한 일은 지금까지 해오던 일의 정확히 반대라고 할 수 있다. 즉 기증자에게 전화나 편지로 연락하고 기증자가 오면 기증확인서의 이름을 확인한 뒤에 책을 돌려주는 것이었다. 가끔 어떻게 된 일인지 묻는 사람도 있었다. 그러면 나는 도서관이 폐관될 예정이며 폐관일까지 되찾아가지 않는 책은 재단에서 일단 모두 수거한 뒤 재분류를 거칠 텐데, 그 과정에서 어떤 책들은 폐기할 거라고 알려줬다. 어떤 책들이 폐기되는 거냐고 물어보면 나는 재단이 제시한 기준을 보여줬다. 매스 마켓용 등 보존 가치가 없는 책, 상태가 불량해서 보존 가치에 비해 노력이 많이 필요한 책, 불법적인 유통을 위해 국내외에서 제작된 해적판, ISBN이 붙어 있지 않거나 국회 도서관에 등록되지 않은 책, 서지 정보를 확인할 수 없어 위서로 간주할 수 있는 책, 서지학 전문가에 의해 보존 가치를 인정받지 못한 책……. 도서관이 기증받은 사가본은 폐기되는 책의 범주에 들었다. 기증자들은 거의 예외 없이 책을 다시 가져갔다. 그 일은 폐관 열흘쯤 전에 거의 끝났다. 남은 기증자는 빈센트 쿠프만뿐이었다.

빈센트 쿠프만 Vincent Koopman은 도서관의 가장 열정적이고 기이한 기증자 중 하나였다. 그는 내가 일을 시작했을 무렵부터 꾸준히 도서관에 드나들며 책을 기증해 왔다. 그가 기증한 32권의 책들은 19세기 말부터 20세기 사이에 걸쳐 유럽, 아시아, 남북 아메리카, 아프리카 등에서 출간된 것이다. 인쇄나 제본도 흠잡을 데가 없어서 다른 이들의 투박한 사가본과는 생김새부터 달랐다. 게다가 모두 희귀본이어서 이들에 관한 정보는 도서관 협회에서는 찾을 수 없고 단지 희귀본을 다루는 블로그에서만 단편적인 정보를 얻을 수 있을 뿐이었다. 나는 서가 한쪽에 빈센트 쿠프만 컬렉션이라는 이름표를 붙이고 그 책들을 한데 모아 놓아두었다.

내가 만난 빈센트 쿠프만은 갈색 머리에 갈색 눈, 키는 작은 편에 머리가 조금 벗어지고 어깨가 굽은 40대의 남자였다. 이마는 붉고 피부가 팽팽했는데 눈썹을 치켜올릴 때마다 가는 주름이 일고여덟 개쯤 생겼다가 사라졌다. 목소리는 새되고 말투는 빨라서 마치 뭔가에 쫓기거나 화가 났거나 실망했거나 뾰로통해져서 입을 다물기 전에 한마디 쏘아붙이려는 사람 같았다. 그는 기증확인서에 책 설명을 쓸 때 입속에서 말을 웅얼거리는 버릇이 있었다.

서명까지 마친 그는 내게 확인서를 내밀면서 최대한 눈을 마주치지 않으려 했고 가끔은 변명이라도 하듯 부자연스럽게 웃어 보이기도 했다. 그리고 돌아갈 때는 늘 바쁜 일이라도 있는 사람처럼 녹색 외투에 몸을 움츠려 넣고 서둘러서 떠났다.

빈센트 쿠프만은 전화를 받지 않았고 내가 보낸 편지에도 답장을 보내지 않았다. 한 번 그의 아파트로 찾아갔지만 나이 많은 관리인은 그런 사람은 살지 않는다고 했다. 폐관일이 점차 다가오고 있었기 때문에 나는 그가 기증한 책들을 기록으로 남겨두기로 했다.

즉 이 책은 빈센트 쿠프만 컬렉션에 관한 카탈로그다. 먼저 이 일이 호펜타운 반디멘 재단 도서관의 마지막 사서이며 관장 대리인 내 직책과 업무와는 무관하게 전적으로 개인적인 관심으로 이루어졌다는 것을 밝혀두겠다. 즉 이 책은 도서 애호가, 책벌레이며 어쩌면 책 도둑이기도 했던 한 도서 기증자와의 추억을 정리해두려는 작은 노력이다. 빈센트 쿠프만 컬렉션을 함께 나눴던 이곳의 주민들이 그의 책들을 추억하는 데 이 책이 도움이 되기를 바랄 뿐이다.

끝으로 이 책을 낼 수 있도록 응원해주고 책이 목적에 보다 충실해지도록 책의 표지를 함께 싣자는 아이디어를 내주고 실제로 그림을 그려준 **레나 문**Lena Moon에게 고마움을 전한다.

알림

1. 이 책에 등장하는 인물들은 다음과 같다.

에드워드 머레이Edward Murray: 호펜타운 반디멘 재단 도서관의 사서. 책의 저자
빈센트 쿠프만Vincent Koopman(VK): 도서관의 기증자
레나 문Lena Moon(LM): 에드워드 머레이의 조력자. 이 책에 실린 그림들을 그렸다.
베니스터 폴센Bennister Poulsen(BP): 도서관의 전임 사서
윌킨스 씨와 윌킨스 부인Mr. & Mrs. Wilkins: 도서관 관리인

도서관 이용자들
요코 아키노Yoko Akino

아리스 아키노Alice Akino

콜 앳킨스Cole Atkins

재니스 허시필드Janis Hirschfield

제이독J. Dog

머피Murphy

가브리엘 헤수스Gabriel Jesus

캐서린 헌트Catherine Hunt

그 밖에

해리슨 버나드Harrison Bernard: 호펜타운 경찰서의 순찰대원

2. 각 도서의 서지 정보는 시카고 스타일 매뉴얼에 따라 다음과 같은 형식으로 작성됐다.

저자, 편역자나 번역자(해당사항 없을 때는 생략), 출판사 소재지: 출판사, 출간 연도

3. 수록 순서는 기증일 기준이다.

도서관에 대해

    도서관은 겉에서 보면 붉은색 벽돌로 지은 단층 건물 같지만 실제로 내부는 3층으로 이루어졌다. 도서관에 들어오기 위해서는 우선 보도에서 몇 계단을 올라서야 한다. 그리스 건축물을 흉내 낸 기둥들 사이에 자리한 출입문은 육중해 보이지만 관리가 잘된 탓에 부드럽게 열린다. 출입문을 열고 들어서면 전실이 나오는데 왼쪽 벽에는 도서관의 연혁이 새겨진 동판이, 반대쪽 벽에는 안내문과 포스터가 붙어 있다. 문을 하나 더 열고 들어서면 작은 로비가 나오고 로비에 면해 내가 앉아 있는 안내 데스크가 있다. 데스크의 양쪽으로 들어가면 각각 열람실이 나온다. 오른쪽이 E 열람실, 왼쪽이 W 열람실이다. 내가 앉은 자리에서는 양쪽 열람실이 모두 보여서 이용자들을 한눈에 살필 수 있다. 일종의 판옵티콘이랄까. 2층에는 관장실과 간이 숙소, 문서 자료실이 있는데 내 자리 뒤쪽의 나선 계단을 통해 올라갈 수 있다. 지하층으로는 열람실 안쪽의 계단을 통해서도, 중앙 입구 계단 옆에 난 문을 통해서도 들어갈 수 있다. 그러나 거리로 나 있는 그 문은 고장 난 지 꽤 오래돼 지금은 쓰지 않는다.

업무 인계를 위해 두 번째로 찾아갔을 때 BP는 자신의 거처를 보여줬다. 간이 숙소를 개조한 방은 조금 어둡고 눅눅한 냄새가 났지만 차분하고 잘 정돈돼 있었다. 무엇보다 관장실로 쓰이던 방 쪽으로 문이 나 있어 개인 서재와 응접실로 쓸 수 있는 점이 마음에 들었다. BP는 이미 시내에 작은 아파트를 얻었기 때문에 퇴직하면 더 이상 그 방에서는 살지 않을 거라고 했다. 그리고 내가 원한다면 위원회에 얘기해서 그 방을 계속 사용할 수 있게 해주겠다고 말했다. 나로서는 고마운 일이었다.

도서관 설비의 관리는 윌킨스 씨 부부가 맡아서 했다. 고장 난 문고리나 수도꼭지, 의자 등은 윌킨스 씨가 고쳤고 윌킨스 부인은 복도와 화장실 등을 청소했다. 그들이 언제부터 일했는지, 몇 살이나 됐는지는 BP도 알지 못했다. 그러나 윌킨스 씨는 도서관의 배관과 창문과 문과 카펫과 지붕과 전기 등에 대해서 모르는 것이 없었고 윌킨스 부인은 도서관의 모든 틈새와 타일과 책상과 의자에 대해 알았다. 도서관이 멀쩡하게 돌아가는 건 그들의 노력 덕분이었다. 만약 그들이 없다면 도서관은 서서히 무너지기 시작해 반년도 안 돼 주저앉을지도 모른다.

윌킨스 씨는 가끔 자신이 도서관의 주인인 것처럼 굴었다. 그래서 누군가 도서관 시설을 함부로 다루면 퉁명스럽게 핀잔을 줬다. 윌킨스 부인도 화장실이 지저분해져 있으면 호펜타운이 과거에 비해 부도덕하고 타락했다며 진저리를 쳤다. 부부는 말수가 적었지만 둘 다 귀가 조금 어두운 탓에 목소리가 커서 도서관에서 둘이 이야기라도 할라치면 누구에게나 다 들렸다. 그래도 그들은 호펜타운의 대개가 그런 것처럼 성실하고 따뜻한 사람들이었다. 윌킨스 부인은 내 방을 청소해주려고도 했는데 내가 몇 번이나 사양하자 아쉬워했다. 그 대신인지 부인은 파이나 쿠키 등 집에서 만든 음식을 종종 가져다줬다. 나는 가끔 외출할 때면 두 사람을 위해 꽃이나 커피, 차, 와인 같은 것들을 사서 선물했다.

도서관의 내 방은 실제로 살아보니 처음 봤던 것보다 더 괜찮

왔다. 윌킨스 씨는 방충망을 손봐줬고 BP는 아파트에서 전기난로를 가져다줬다. 냉장고도 레인지도 쓸 만했다. 침대에서는 뭐라 말할 수 없는 냄새가 났지만 프레임은 튼튼해서 매트리스와 시트만 새로 사면 됐다. 나머지는 집에서 옷을 몇 벌 가져오고 주전자와 컵, 접시, 조리도구를 몇 가지 사고 침대 옆에 랩톱을 올려둘 작은 테이블을 사는 것으로 끝이었다. 그 방에 있으면 밖으로 나가고 싶은 생각이 별로 들지 않았다. 휴일이면 아침부터 밤까지 침대와 식탁과 서재와 화장실을 오가다가 다시 잠자리에 들었다.

일과는 단조로웠다. 아침에 일어나면 커피를 마시고 아홉 시 반에는 내 자리에 가서 앉았다. 수서한 책에 분류기호가 적힌 스티커를 붙여서 비닐로 포장하고 파손된 책을 보수하고 누군가 책상 위에 놔두고 간 책을 서가의 제자리에 꽂아놓고 이용자가 원하는 책을 찾아주고 미반납된 대출 도서를 확인하고 재단이 요구하는 서류를 준비하고 캠페인용 포스터를 붙이는 등의 일을 하다 보면 오전 시간이 지나갔다. 열두 시 반이 되면 도서관 문을 닫고 점심을 먹으러 갔다. 산책도 할 겸 공원을 가로질러 한 블록 떨어진 식당에 가는 게 보통이지만 조금 멀리 갈 때도 있었고 아니면 내 방에서 간단하게 샌드위치를 먹고 잠시 쉬었다가 다시 내려올 때도 있었다. 한 시 반에는 도서관 문을 다시 열었다. 다섯 시가 돼 사람들이 돌아가면 책들을 정리하고 밀린 업무를 마무리했다. 일은 아무리 늦어도 여섯 시 안에는 끝났다. 식료품을 사러 슈퍼마켓에 갈 때도 있지만 보통은 일과가 끝나면 내 방에 올라가 책을 보거나 인터넷을 찾아보거나 글을 조금 쓰거나 하다 잠자리에 들었다. 월요일부터 금요일까지는 여섯 시, 토요일은 한 시 반까지 일했고, 일요일과 공휴일, 그리고 첫째, 셋째 월요일은 쉬는 날이었다.

순진무구한 칼날 *An Innocent Blade*

캄란 마지도프Kamran Majidov, 버펄로 NY: 그라이드GREID, 2000

　『순진무구한 칼날』은 보르헤스의 『장밋빛 모퉁이의 남자』를 저본으로 한 발레극으로 기획되었다. 음악은 누에보 탱고로 국제적인 명성을 얻고 있던 아스토르 피아졸라, 안무는 애슐린 리베로, 무대와 의상은 리베로와 함께 「불새」로 호흡을 맞춘 캄란 마지도프가 담당할 예정이었다. 그러나 계획은 보르헤스와 피아졸라가 사망하면서 무기한 연기됐고 1998년에 마지도프 역시 사망하면서 완전히 무산됐다. 책은 마지도프 사망 후에 회고전을 기획하며 발간됐다.

　이 책에는 마지도프가 발레극 「순진무구한 칼날」의 상연을 위해 디자인한 무대와 의상의 스케치들이 실려 있다.

　무대 스케치를 통해 극이 술집의 와자지껄한 소동을 다루는 1막, '앵무새'라는 별명의 칼잡이가 나타나 후아레스와 힘겨루기를 벌이는 2막, 장밋빛 모퉁이에서의 대결을 다루는 3막, 앵무새의 시체를 처리하고 주인공이 루하네라와 맺어지는 4막으로 나뉘어 있다는 것을 알 수 있다. 1, 2, 4막의 무대가 다분히 사실적으로 표현된 데 비해—1막의 배경은 정말로 아르헨티나 시골의 술집처럼 보인다—3막의 무대는 상징주의 영화의 배경을 연상시킨다. 이 배경은 4막의 마지막에 주인공이 루하네라와 만나는 장면에서 다시 나타나 술집을 재현한 무대에 포개진다.

근현대를 표현한 무대와는 달리 의상은 중세 유럽의 복식에서 영감을 얻었음에 틀림없다. 특히 주인공들은 코메디아 델라르테의 할리퀸, 피에로, 부자, 하녀의 모습을 떠올리게 한다. 이 의상만으로도 우리는 칼잡이 프란시스꼬 레알과 건달 두목 로센도 후아레스, 아름다운 여인 루하네라, 그리고 결코 이름을 알 수 없는 주인공 '장밋빛 모퉁이의 남자'를 알아볼 수 있다. 스케치 속에서 프란시스꼬 레알은 별명에 걸맞게 옷깃에 화려한 장식을 달았고 루하네라는 파괴적인 에로스를 드러내기 위해 속이 비쳐 보이는 블라우스를 입고 있다.

반면 조연들의 의상은 다분히 초현실적이다. 술집에 모여 있는 술꾼들은 잿빛 판초를 머리에 덮어쓰고 있다. 앵무새를 따르는 무리들은 뾰족한 모자를 쓰고 검은 판초를 둘러 마치 까마귀 같다. 후아레스의 무리가 입고 있는 옷은 조금씩 떨어져 나가게 설계돼 있다. 후아레스가 앵무새와의 힘겨루기에서 무너지면서 그의 무리들은 점차 알몸이 돼간다. 여자들의 옷은 신체의 반만 가리고 있는데 자세에 따라 그들은 알몸을 드러낼 수도 감출 수도 있다. 3부의 의상은 더욱 현란해서 어떤 의상은 머리끝에서 발끝까지 검은 천으로 뒤덮고 있고 또 다른 옷은 타오르는 불길 혹은 터져 흐르는 핏방울처럼 보인다.

피아졸라가 이 발레를 위해 어떤 음악을 작곡했을지는 그가 다른 무대를 위해 작곡한 음악들이나 그의 다른 탱고를 통해 어렴풋하게 짐작할 수 있다. 그의 음악을 관통하는 우울과 관능은 이 이야기에 드리워져 있는 죽음과 사랑을 향한 충동, 어둠 속의 열기와 살인, 그리고 곧이어 찾아오는 침묵과 망각에 더없이 잘 어울렸으리라.

피아졸라가 작곡한 다른 극음악을 들으면서 마지도프의 디자인을 보고 있노라면 미처 보지 못한 무대, 어쩌면 볼 수 있었지만 이제는 영영 볼 수 없게 된 발레 무대를 보고 있는 듯한 착각에 빠진다. 그러나 시간이 흘러 기억이 세세한 정황을 무시할 정도로 무뎌지는 날, 우리는 언젠가 정말로 이런 무대가 있었고 극이 초연되는 날 극장의 관람석에 앉아 그들의 현란한 몸동작을 보았다고 믿게 될 것이다.

꿈 *Dreams*

훌리오 다 실바Julio Da Silva, 진 아이브슨Jean Iveson 옮김,
몽클레어 NJ: 리넬 북스Rinnell Books, 2001

홀리오 다 실바는 꿈을 자세하게 기억할 수 있었다. 그것은 재능이 아니라 노력과 훈련의 결과였다. 그는 아침에 잠을 깨자마자 머리맡에 둔 노트에 방금까지 꾼 꿈을 적어놓았다. 우선은 잊지 않도록 꿈의 간단한 줄거리를 적었고 시간이 생길 때마다 줄거리에 살을 입혔다. 그는 열 살 때부터 자신이 꾼 거의 모든 꿈을 기록했는데 그 일은 성인이 돼서도 계속됐고 나중에는 가장 중요한 일과가 됐다. 그는 출퇴근하거나 일하거나 밥을 먹거나 화장실에서 볼일을 보는 중에도 꿈의 기록에 관해 생각했다. 혹시 급하게 적느라 빼먹은 것이 없는지, 중요한 부분을 잊지는 않았는지, 흐릿하게 스치듯 지나간 얼굴의 주인이 누구였는지, 그가 한 말의 내용이 무엇이었고 어조가 어땠는지 등등. 저녁이 되면 기록을 다시 한 번 깨끗하게 옮겼다. 잠들기 전에는 그날 어떤 꿈을 꿀지를 미리 생각했다. 그는 꿈을 꾸고 그것을 기록하기 위해 살았다. 꿈의 기록 중 기억할 만하거나 이야기가 선명한 것은 따로 타이핑해서 모아두었다. 이 책은 그렇게 추려낸 그의 꿈의 기록이다.

누구나 그런 것처럼 실바의 꿈속에서도 이성적으로는 이해할 수 없는 일들이 일어난다. 잘 아는 인물이 전혀 예측하지 못한 행동을 하고 익숙한 골목은 뜻밖의 낯선 거리로 이어진다. 그 속에서 주인공 즉 실바 자신에게는 늘 위기가 찾아오는데 갖은 수를 써서 그걸 모면하려 해보지만 우연과 필연에 의해 그의 시도는 실패하고 만다. 그는 쉴 새 없이 길을 헤매고, 가진 것을 잃고, 실수를 저지르고, 과업에 실패하고, 밀회를 들키고, 적과 조우하고, 치부를 드러내고, 교통수단을 잃는다. 돌연 중단되지만 않는다면 그의 꿈은 마지막에는 늘 친구도 적도 없는 황야에서 끝나기 마련인데 그곳에서 그는 눈앞에 펼쳐진 환상적이고 황량한 풍경에 넋을 잃고 우두커니 서 있다.

실바는 꿈의 해몽과 정신분석에 관한 책을 꾸준히 탐독했으며 책에서 얻은 지식을 바탕으로 자신에 대한 정신분석을 시도했다. 그는 자신이 새로운 세계를 욕망하는 한편 외로움을 두려워한다고 진단한다. 이 둘은 동전의 양면처럼 서로 이어져 있다. 즉 꿈 속의 그는 다른 이들과 떨어져서 새로운 세계로 나아가려고 하지만 동시에 그 세계에 혼자 떨어질까봐 두려워한다. 꿈은 그 혼란과 갈등의 기록이다. 그래서 현실의 자신은 가족과 친구들의 곁에 머무르면서도 포기할 수 없는 욕망 때문에 자기혐오에 시달린다는 것이다.

꿈의 해석에 대해 그나마 과학적이라고 할 만한 최초의 접근이라 할 수 있는 프로이트의 이론이 등장한 것이 19세기였다. 그때까지 꿈은 인류에게 신비의 영역이었다. 현대의 과학자들은 꿈이 억압된 이드의 발현이나 미래의 시뮬레이션이 아니라 뇌의 자발적이고 우발적인 흥분이라는 것을 밝혀냈다. 그럼에도 영화나 소설에서 꿈이 여전히 초자연적인 존재가 계시를 내리는 수단이나 미래에 관한 예지력이 발휘되는 기회로 종종 쓰이는 걸 보면—

모두 근대 이전부터 유행했던 서사 장치들이다—대중은 여전히 인간이 꿈을 통해 신비적인 체험을 할 수 있다고 믿고 싶어 하는 것 같다.

실바의 꿈은 실바의 신비였다. 그 꿈들은 실바가 진단한 대로 그의 동경과 외로움의 표상이었을지도 모른다. 그는 꿈을 통해 그것을 맛보았다. 그는 자신이라는 신비의 세계를 마음껏 탐험했다. 그러나 꿈을 꾸면 꿀수록, 그것을 글자로 묶어두려 하면 할수록, 그것의 신비를 파헤치려 하면 할수록 그 세계는 점점 더 황폐해지고 삭막해졌다. 책의 후반으로 갈수록 이야기는 더욱 정연해지고 풍경은 더욱 날카로워지는데 그 반면 꿈을 지배하던 막연하고 가슴 시린 불안, 너무 위태로워 아름다울 지경인 방황은 점차 사라져간다. 책의 마지막 부분에 이르러서는 더 이상 이해할 수 없는 일은 일어나지 않고, 모르는 사람도 등장하지 않는다. 그는 길을 헤매지도 않고 문을 열고 낯선 세계와 맞닥뜨리지도 않는다. 그는 잠들기 전에 이미 어떤 꿈을 꿀 것인지 알고 있고 꿈속에서 이미 다음 날 일어나 그것에 대해 적고 있는 자신을 꿈꾸기도 한다.

장주는 자신이 나비가 된 꿈을 꾸는 장주인지 장주가 된 꿈을 꾸는 나비인지 헷갈렸다. 실바에게는 자신이 꿈속에 있는지 현실에 있는지 상관없었을 것이다. 그리고 어느 쪽에 있더라도 마찬가지로 이쪽에서는 저쪽의 삶을, 저쪽에서는 이쪽의 삶을 글로 남기며, 오직 그것만을 생각하며 살았을 것이다. 진짜 삶은 신비로 감춰진 저쪽의 삶이 있어야만 가능하다는 것을 뒤늦게 깨우치면서.

아메리칸 핫도그 *American Hotdogs*

조조 무라키Jojo Muraki, 버클리 CA: 멜로리 북스Melory Books, 1976

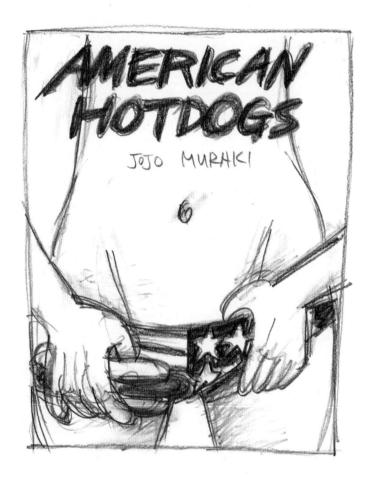

여자는 엄지로 비키니 하의를 끌어 내리고 있다. 다른 손으로는 먹음직스러워 보이는 핫도그를 막 음부에 대려는 참이다. 핫도그에서 흘러내린 머스터드와 케첩이 여자의 손을 적시고 있다.

조조 무라키의 『아메리칸 핫도그』는 핫도그와 젊은 동양인 여자를 함께 찍은 사진집이다. 뻔뻔할 정도로 외설스러운 표지의 이미지에서 짐작할 수 있듯 사진집 전체는 에로스에 대한 노골적인 찬미로 가득하다. 모델들은 핫도그를 핥고 깨물고 움켜쥔다. 그녀들은 핫도그를 쓰다듬고, 그 크기에 어쩔 줄 몰라 하며 즐거운 듯 혹은 기대에 찬 듯 감탄하고, 핫도그에서 흘러내리는 머스터드를 몸에 바르며 황홀해한다. 한 사진에서 모델은 가슴 사이에, 그리고 다른 사진에서는 (분명 음순으로 보이는) 살 사이에 소시지를 파묻기도 한다. 모델들의 표정에서는 절정의 열락이 뿜어져 나온다.

예술의 역사에서 에로티즘은 늘 인기 있는 주제였다. 교회와 사회의 감시 때문에 그 어떤 예술가도 성을 마음껏 표현할 수 없었고 후원자들 역시 그것을 공공연하게 요구할 수 없었던 시대에 그들은 반쯤 벌거벗은 채 고문당하는 순교자, 종교적 황홀과 육체적 쾌락의 아슬아슬한 경계 위에 있는 성녀, 인류의 원죄를 끊임없이 상기시키기 위해 자신의 알몸을 겨우 나뭇잎 한 장으로만 가린 채 활짝 드러내는 이브 등으로 에로티즘의 표현의 지평을 넓혀갔다. 그러나 이렇듯 성이 은밀한 방식으로만 표현된 더 큰 이유는 에로스는 활짝 드러낼 때가 아니라 적절하게 감춰질 때에 가장 큰 매혹을 발산한다는 걸 그들 모두 일찌감치 깨달았기 때문이리라. 그래서 성을 다루는 진지한 미술 작품은 인체를 신비로 감싼 채 부분적으로만 드러냄으로써 나머지 부분을 관객 스스로 채우도록 만든다.

반면 『아메리칸 핫도그』가 다루는 피사체는 밝은 빛 속에 있다. 여인들은 활짝 웃고 있고 태도와 자세에는 거리낌이 없다. 이들은 헬무트 뉴튼의 모델들처럼 잔뜩 인상을 구기고 있지도 않고 발튀스의 소녀들처럼 은밀하게 유혹하지도 않고 상업 광고의 모델들처럼 자신들의 분위기와 아름다움을 과장하지도 않는다. 이들은 소녀들처럼—몇몇 컷에서 모델들은 교복을 입고 있는데 아동 포르노에 대한 규제가 뚜렷하지 않았던 시절이라는 것을 고려해야 한다—뛰어오르고 소리치고 웃으며 거의 정신을 잃을 듯 즐거워한다. 그 속에서 에로스는 폭발할 듯 팽팽하지만 외설스럽다는 느낌은 들지 않는다. 대신 그 자리를 차지하고 있는 건 생명과 에너지, 젊음과 아름다움, 육체와 건강, 식욕과 성욕, 촉각과 온각 등 말초적인 감각에 대한 찬양이다.

조조 무라키는 일본에서 회화를 전공하고 1962년에 뉴욕으로 건너간 뒤 동료의 권유로 사진을 찍기 시작했다. 초기에 메이플소프와도 함께 작업을 하기도 한 그는 점차 패션과 상업 부문으로 영역을 넓혔다. 『아메리칸 핫도그』는 같은 제목으로 1972년에 일본에서, 1976년에 무라키 자신의 영어 서문을 덧붙여 미국에서 재출간됐다.

모델의 헤어스타일과 조명은 디스코가 흐르는 빈티지 포르노의 분위기를 풍기지만 이들이 핫도그를 쥐고 흔들면서 풍기는 식욕과 성욕은 놀라울 만치 동시대적이다. 하긴 에로스는 언제나 동시대적이다. 타나토스 역시 그럴 테고.

그러나 이 사진들의 푼크툼은 카우보이 모자, 별무늬, 줄무늬, 팬암 항공사 배지 등 미국을 강조하는 액세서리들이다. 다시 제목으로 돌아가면 이들이 쥐고 휘두르고 탐닉하며 열망하는 것은 '아메리칸' 핫도그다. 핫도그가 필연적으로 은유하는 남근성, '아메리카'가 상징하는 패권주의, 그리고 사진집이 발간된 70년대를 함께 생각해보면 핫도그가 냉전의 도구인 핵미사일에 대한 은유라는 생각에 이르게 된다. 그런 생각으로 다시 사진을 보면 그들이 사랑의 여신 에로스가 아니라 파괴의 신 시바이고 그들의 웃음이 희열이 아니라 조롱이며 이 사진집의 목적이 성애의 숭배가 아니라 폭력의 비판이라는 생각을 갖게 된다. 물론 그 몸은 여전히 아름답지만.

요코 아키노와 아리스 아키노에 대해

기증받은 책은 수서를 결정하기 전에 먼저 내용을 확인해야 한다. 형식적이긴 하지만 꼭 필요한 절차이기도 하다. 특히 서지 정보가 없어서 인터넷에서 리뷰를 확인할 수 없는 책이라면 더욱 그렇다. 이런 과정을 거치는 이유는 명백한데 아무리 출판의 자유 가 보장돼 있다 하더라도 도서관의 서가가 모든 책에 대해 열려 있 는 건 아니기 때문이다. 드문 경우지만 사회에 해악을 끼칠 위험 이 명백하게 크다고 여겨지거나 도서관의 방침과 어긋나는 책이 라면 정중히 수서를 거부한다. 내가 반려한 원고 중 가장 기억에 남는 것은 가정용 비료와 설탕, 세제를 이용해 살인 가스를 만드 는 방법을 자세하게 적은 원고였다. 원고를 돌려받은 소년은 싸늘 한 비웃음을 보이며 돌아갔다. 나는 며칠 고민한 끝에 경찰에 신고 했다. 이 지역 순찰대원인 버나드 경관은 소년이 자기 집 창고에서 뭔가 이상한 걸 만들다 기절해서 며칠 동안 병원에 입원해야 했다고 전해줬다.

내가 일하는 책상은 도서관 출입문을 바라보고 있다. 도서관 이용자를 안내하는 것도, 수서한 책을 점검하는 것도, 책의 라벨을 정리하는 것도, 각종 문서와 서신을 처리하는 것도 모두 그 책상에서다. 그러니 누구든 내 책상 앞에 오면 내가 뭘 하고 있는지 알 수 있다.

키가 작은 동양인 여자는 도서관 회원카드를 만들기 위한 서류를 작성하려고 다가왔다가 내 손에 들린 책을 빤히 쳐다봤다. 읽던 책을 펴놓고 여자에게 필요 서류가 적힌 안내문을 꺼내 주자 여자는 더러운 것을 만지는 것처럼 엄지손가락과 집게손가락 끝으로 집었다. 여자가 돌아가고 책상 위에 펼쳐진 사진을 보고서야 여자가 노골적인 혐오를 보인 이유를 깨달았다. 그 책은 『아메리칸 핫도그』였다. 벌거벗은 여자 사진을 근무 시간에 책상 위에 펼쳐놓고 보고 있는 사서라니. 며칠 뒤에 필요한 서류를 준비해 왔을 때도 여자는 혐오감을 감추지 않았다. 나는 아무 말 없이 여자에게 대출증을 건네줬다.

납세증명서에 찍힌 여자의 이름은 요코 아키노였는데 동양인이 대부분 그렇듯 외모만으로는 나이를 알기 어려웠다. 30대로 보였지만 어쩌면 20대 후반이나 40대 초반일 수도 있었다. 여자가 도서관에서 책을 읽거나 빌리는 일은 없었다. 어떤 책이 있는지 관심도 없어 보였다. 대신 여자는 오후에 도서관 문이 열리는 시간에 맞춰 열 살쯤 돼 보이는 여자아이와 함께 나타나서는 아이를 놔두고 곧 사라졌다. 그리고 문을 닫을 시간쯤 돌아와서 아이를 데리고 떠났는데 그 일을 일주일에 세 번, 화, 수, 금요일마다 반복했다.

여자가 올 때까지 아이는 도서관에서 혼자 책을 보거나 서가 사이를 돌아다녔고 그러다 지치면 가방에서 샌드위치를 꺼내 먹고 보온병에 든 차를 마셨다. 식사를 마친 아이는 딸기가 수놓아져 있는 손수건으로 먼저 입가를, 그다음에는 책상을 닦았다. 처음 몇 번은 아이와 눈이 마주칠 때마다 손을 흔들어보았지만 아이는 고개를 돌렸다. 말을 걸어보려 했지만 돌아오는 대답은 없었다.

사정은 어렵지 않게 짐작할 수 있었다. 요코 아키노는 싱글 맘이었다. 그녀는 매주 화, 수, 금요일 오후에 일하러 나가면서 아이를 맡겨둘 곳이 필요했던 것이다. 그녀가 선택한 곳은 의외로 도서관이었다. 여러 사람의 눈이 있는 곳이니 곤란한 일은 생기지 않을 거라고 생각한 걸까. 탁아에 필요한 돈을 아끼기 위해서일까. 아이가 TV나 컴퓨터에 빠지는 대신 책이라도 읽게 하려는 마음일까. 이유야 어찌 됐건 아이를 공공장소에 몇 시간이나 혼자 내버려두는 건 바람직한 일이 아니라고 생각한 사람이 있었던 모양이다.

어느 날 오후 시청의 사회복지과에서 나온 사람이 아동학대가 신고됐다면서 여기 홀로 방치된 아이가 누구냐고 물었다. 내가 뭐라 대답하기도 전에 사회복지사는 요코 아키노의 아이에게 다가가더니 데려가려고 했다. 나는 둘에게 다가가 아이가 불안해하는 것 같으니 아이의 엄마가 올 때까지 잠시 기다리는 게 어떻겠느냐고 했다. 요코 아키노가 올 때까지 사회복지사는 아이의 입에서 아무 말도 꺼내지 못했다. 나는 아이를 내 자리로 데리고 갔다. 잔뜩 긴장하고 있던 아이는 윌킨스 부인의 쿠키를 먹자 기분이 조금 나아졌다. 내가 책을 몇 권 가져와서 읽어주자 아이는 조금씩 웃었다. 이름을 묻자 아이는 자기 이름이 아리스라고 했다. 시간이 돼 요코 아키노가 돌아오고 셋은 함께 도서관에서 나갔다. 나가면서 아리스는 내게 손을 흔들었다.

주말이 지나고 다음 화요일 오후가 되자 요코 아키노는 아리스를 데리고 다시 나타났다. 사회복지사는 그 뒤로 다시는 나타나지 않았다. 그 모녀에게 어떤 일이 있었는지는 모르겠다. 다만 달라진 것은, 요코 아키노가 도서관을 나설 때 내게 고개를 끄덕여 목례를 하게 된 것이다. 물론 벌레 보는 듯한 시선은 여전했지만. 요코 아키노가 도서관을 떠난 뒤 아리스는 내게 다가온다. 그러면 나는 쿠키와 함께 그날 읽을 책들을 골라준다. 아리스는 가끔 진공 포장된 크랜베리 주스나 크랜베리 맛 사탕을 나눠주고 또 가끔은 그걸 책을 읽고 있는 다른 사람들에게 나눠주러 도서관 안을 돌아다니기도 한다.

아메리카—악령의 땅*America-Land of Fiend*

게이 그라운빌Gaye Grounbil 혹은 가브리엘 영Gabriel Young, 사가본, 1974

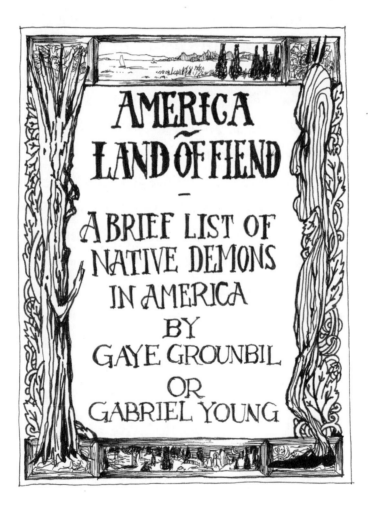

『아메리카-악령의 땅』은 미국의 여러 지역과 그곳에 사는 악령들의 일람이다. 처음 출간된 것은 1897년이고 VK가 기증한 것은 1974년에 해설을 곁들여 펴낸 사가본 개정판이다. 책에는 87종의 악령이 그림과 함께 등장하는데 그중에는 트롤, 밴시, 고블린, 코볼트 등 민담과 설화에서 기원하는 것도 있지만 크레블, 모루스, 헬베스타처럼 이 책에만 등장하는 것도 여럿 있다. 책의 저자는 모험가 게이 그라운빌로 돼 있지만 진짜 저자는 불우한 희곡 작가 가브리엘 영이라고 개정판의 해설에는 나와 있다.

가브리엘 영은 19세기 말 런던에서 활동했던 작가다. 현존하는 작품은 시 몇 편과 희곡 두 편뿐으로 그 밖에는 친구와 가족에게 보낸 편지, 희곡의 요약본이나 발췌본이 일부 남아 있는 정도다. 그의 희곡들은 모두 금전과 치정이 얽힌 소동 끝에 주인공이 죽는 것으로 막을 내리는 비극이었는데 큰 주목은 받지 못했다.

개정판의 해설자—이름은 나와 있지 않다—에 따르면 이 책은 가브리엘 영이 쓴 여행기다. 그러나 진짜 여행기는 아니다. 영이 여행기를 쓰기로 결심한 것은 생활고 때문이었는데 당시는 대영제국이 세계로 뻗어 나가던 시기로 식민지의 기이한 풍경과 풍습을 담은 여행기가 인기를 끌었다. 영이 처음에 계획한 행선지는 루마니아였다. 그는 책을 내는 걸 전제로 몇 군데의 출판사와 교섭을 시도했지만 당연하게도 어디서도 여행 경비를 얻어내지 못했다. 영은 계획을 포기하는 대신 기발한 선택을 했는데 우선 여행기를 먼저 쓴 다음 거기서 생긴 수입으로 여행을 가는 것으로 계획을 수정한 것이다. 행선지는 루마니아에서 아메리카로 바뀌었다. 어차피 직접 방문하지 않고 쓰는 여행기인 이상 어디라도 상관없다는 생각에서이기도 했고 당시에 신대륙에 대한 사회적 호기심이 높은 까닭이기도 했다. 그는 주워들은 소문이나 신문기사, 혹은 신기한 이야기들을 모아놓은 몇 권의 책을 참고해 글을 써내려가기 시작했다. 그가 가진 유일한 사실적인 자료는 책상 앞에 붙여놓은 미국 지도뿐이었다.

완성된 원고는 공공연한 반기독교적 색채 때문에 영국에서는 출간할 수 없었다. 영은 하는 수 없이 원고를 출판업자에게 헐값에 팔아넘겼다. 몇 년 뒤 리옹에서 『아메리카-악령의 땅』이라는 책이 출간됐다. 저자는 영국 태생의 탐험가인 게이 그라운빌이었다. 책은 그런대로 인기를 끌었는지 영국에까지 수입됐는데 가브리엘 영은 자신이 그 책의 진짜 저자이며 게이 그라운빌은 가브리엘 영의 철자를 재배열해서 만든 필명이라고 주장했다. 그러나 그 말을 믿는 사람은 없었다. 가브리엘 영은 책을 펴낸 출판업자를 만나기 위해 리옹으로 여행을 가던 중 폐결핵이 악화돼 사망했다.

당시 사람들은 이 책이 가브리엘 영이라는 재능 없는 희곡 작가가 쓴 가상의 여행기가 아니라 어느 위대한 마법사가 이름을 숨긴 채 세상에 경고의 메시지를 전하기 위해 여행서를 가장해 작성한 지옥의 지도라고 생각했다. 그들은 게이 그라운빌이라는 사람이 존재하지 않는 것처럼 가브리엘 영 또한 가상의 인물이라 여겼다. 책은 20세기 초의 혼란스러운 유럽에서 오컬트가 인기를 끌 때 잠시 주목받다 곧 잊혀졌다. 책이 다시 세상의 주목을 받은 건 20세기 후반의 미국에서다.

1968년 테네시 주의 외딴 마을 블랙빌에서 주민 22명이 모두 시체로 발견되는 사건이 발생했다. 사인은 독극물 중독이었다. 종교 공동체 거주지에서 발생한 이 사건은 광신도의 집단 자살로 서둘러 결론지어졌다. 그러나 악마 숭배를 암시하는 증거들이 나타나고 인근의 숲속에서 암매장된 시체가 발견되면서 사건에 대한 전면적인 재조사가 이뤄졌다. (이제부터의 내용은 일반에게는 발표되지 않았다.) 암매장된 시체는 모두 12구로 머리를 바깥쪽으로 하고 원을 그리며 묻혀 있었다. 소지품, 치아, 골격 등으로 신원을 조사한 결과 모두 인근 도시에서 실종 신고된 사람들로 밝혀졌다. 일부 시체에서는 사망 전 고문과 사후 훼손을 암시하는 흔적이 발견됐다.

『아메리카-악령의 땅』은 마을의 지도자이면서 스스로 신의 대리인으로 자처한 에이브러험 피어슨 목사의 서재에서 발견됐다. 그는 책의 갈피마다 빽빽하게 적은 메모를 꽂아두었는데 특히 숲의 악령 '크레블'의 장에는 손때가 많이 묻어 있었다.

'크레블 혹은 케르베일은 숲에 사는 악령이다. 피에 젖은 옷을 입고 있고 머리에는 큰 가면을 쓰고 있다. 목소리는 아기의 웃음소리와 사자의 울음소리를 섞은 것 같다. 숲에 사람이 들어오는 걸 눈치채고 영혼을 빼앗을 때를 노린다. 낮에는 사람의 눈에 띄지 않으려 숨어 있지만 밤에 숲에서 횃불을 들고 있으면 모습을 드러낸다. 크레블이 점찍은 사람은 숲에서 헤매다 죽게 된다. 크레블은 시체를 모아두는데 그 숫자가 열셋이 되면 다른 숲으로 떠난다. 그러므로 숲에서 크레블이 모아놓은 시체를 마주쳤는데 그 수가 열셋이 안 되면 아직 그곳에 크레블이 있다는 뜻이다.'

피어슨은 크레블이 숲을 정화하는 존재라고 여겼다. 인간에 의해 더럽혀진 숲을 인간의 시체로 정화한다는 것이다. 그는 크레블을 초대하기 위해 크레블이 하는 대로 사람들을 죽여 시체를 배치했고 숲을 정화하기 위해 인간을, 즉 자신과 자신을 따르는 무리들을 죽였다.

이 사건은 20세기 후반의 미국에서 발생하기에는 지나치게 야만적이고 원시적이었다. 사건의 진상이 외부에 알려지는 것을 두려워한 경찰과 FBI는 애초에 그랬던 대로 광신도 집단의 자살로 결론을 내리고 종결지었다. 그러나 사건의 진실에 접근할 수 있었던 일부 개인들은 블랙빌 사건의 비밀을 푸는 열쇠인 이 책을 알려야 한다는 믿음에 따라 해설을 덧붙여 사가본으로 재출간했다.

나로서는 이 책이 금서인지, 이 책을 수서하는 것이 주 법률이나 연방 법률에 저촉되는지 알 수 없다. 그리고 책머리에 적었듯 위원회는 사가본의 수서를 장려하고 있고 VK 컬렉션의 모든 책이 그런 것처럼 『아메리카-악령의 땅』 역시 국회 도서관의 어떤 목록—유통과 출간 금지 목록을 포함해—에도 나오지 않으므로 수서를 거부할 뚜렷한 이유도 없다. 그저 에이브러험 피어슨 목사 같은 미치광이가 이 책을 자신의 망상의 재료로 삼지 않기를 바랄 뿐이다.

한마디 더 덧붙이자면 블랙빌 사건 같은 비극을 방지하려면 미치광이들로부터 모든 위험한 책을 떼어놓는 수밖에는 없다. 그러기 위해서는 세상의 모든 미치광이는 물론 세상의 모든 위험한 책도 격리시켜야 한다. 그러나 그런 일은 애초에 불가능하며 세상에는 책보다 위험한 것들이 수도 없이 많고 애초에 미치광이들을 막을 방법이란 없다. 그리고 뭔가를 격리해야 유지되는 사회라니 이 얼마나 위태롭고 나약하고 끔찍하고 비극적인지.

장서표의 책 *Book Of Bookplate*

허버트 슐츠Herbert Schultz, 뉴욕 NY: 소튼 앤 그웨인Soughton & Gwayne, 1959

장서가들의 애정에도 불구하고 현대사회에서 장서표는 점차 설 자리를 잃어가고 있다. 애초에 장서표나 장서인이 책이 상대적으로 귀하고 고가이던 시절 소유의 표지로 쓰기 위해 제작됐다는 걸 떠올리면 현대에 이르러 대량 생산으로 책이 대중화되며 장서표가 점차 사라져가는 건 당연한 일이라 할 수 있다. 게다가 가정용 프린터와 디지털 카메라의 보급으로 누구나 언제든 원하는 사진에 자신의 이름을 입혀서 원하는 수량만큼 인쇄물을 찍어낼 수 있는 시대에 한 개인의 사상과 기호를 한 장의 그림에 담아 소유권을 표시한다는 개념은 분명 시대착오적이다.

그러나 과거의 장서표에 대해 이야기하자면 사정은 달라진다. 근현대의 장서표는 그것이 사용됐던 당시의 시대정신과 미의식을 생생히 보여준다. 이들을 보면서 우리는 당시의 인쇄 문화, 유행, 미술 사조, 지식인의 정신적 풍경 등을 한눈에 조망하게 되는 것이다. 그런 면에서 장서표에 대한 기호는 과거의 유산에 대한 향수 이상이다. 우리는 당시의 장서표를 보면서 그것을 표지 안쪽이나 면지에 정성껏 붙이던 누군가를 바로 옆에 있는 사람처럼 친근하게 생각하게 된다. 더 나아가 시대와 기술의 장벽 너머에 있는 그를 함께 책을 읽고 사유하는 사람으로 받아들이는 경험을 하게 된다.

『장서표의 책』에는 허버트 슐츠가 수집하고 정리한 673종의 장서표가 실려 있다. 그중 가장 오래된 것은 1562년까지 거슬러 올라가지만 대부분은 장서표가 폭넓게 이용됐던 19세기 이후의 것이다. 가장 많은 수를 차지하는 것은 19세기 후반 유럽의 것들인데 벨 에포크의 시대에 세계의 정치와 문화의 중심이 빈이었음을 말해주듯 당시의 대부분의 장서표는 아르누보, 분리파의 양식을 아낌없이 보여준다. 장서표 중에는 알폰스 무하, 구스타프 클림트의 작품을 모방한 작품이 많고 오브리 빈센트 비어즐리, 오스카 코코슈카를 떠올리게 하는 것들도 찾아볼 수 있다.

장서표에서 가장 관심을 끄는 것은 장서표의 주인, 즉 책을 소지하고 있던 소유주일 테지만 그 못지않게 장서표 제작자도 중요하게 다뤄진다. 예술가와 상업화가가 분명하게 분리되지 않고 동판화와 대량 인쇄가 공존하던 시기에 화가들은 그림을 직접 동판에 새겨 장서표를 만들었다. 이렇게 만들어진 장서표는 단순한 인쇄물이 아니라 판화 작품으로 보아야 했다. 제작자 외에도 원화를 판에 새긴 판각 기술자, 마지막으로 활판으로 장서표를 인쇄한 인쇄 기술자도 관심의 대상으로 둘 수 있을 것이다. 현대에 이르러 인쇄 기술이 표준화된 후로 판각과 인쇄 기술자의 중요성이 거의 사라진 건 유감스러운 일이다.

저자는 장서표를 소개하면서 각 장서표의 소지자, 원화를 그린 화가, 판각 기술자, 인쇄 기술자의 이름을 가능한 한 상세히 적어놓았다. 그중에는 설명을 읽지 않아도 알 수 있을 만큼 유명한 사람도 있지만 아무런 정보도 없는 경우—아마 찾을 수 없어서였

을 것이다―도 있다.

그중 하나가 흥미를 끈다. 장서표의 주인은 쿠르트 블로흐
Kurt Bloch로 중등학교 역사 교사로 근무하다 은퇴한 후 대중 연설
가로 활동하며 가끔 지역신문에 정치 논설을 싣기도 한 아마추어
정치가였다. 그의 장서표에는 엄격한 표정의 여인이 한 손에는 해
골을, 다른 손에는 책을 든 채 황야에 서서 허공을 응시하고 있다.
그녀의 머리 위로는 밝은 별 하나가 빛을 내뿜으며 하늘을 가로지
른다. 소유주의 이름은 여인이 서 있는 대리석 좌대에 새겨져 있고
좌대 위에는 과학과 이성을 상징하는 사물들이 뒤섞인 채 놓여 있
다. 화풍은 분리파와 아르누보, 동시에 알브레히트 뒤러의 「멜랑
콜리아」를 떠올리게 한다. 그러나 그리 대단한 심미안 없이도 이
장서표가 대가의 손에 의해 만들어진 건 아니라고 짐작할 수 있다.
이 장서표의 한구석에는 원화 작가의 것이 분명한, 알브레히트 뒤
러의 사인을 본뜬 AH라는 사인이 붙어 있다. 저자는 쿠르트 블로
흐가 1차 대전 뒤의 혼란스러웠던 시기에 일군의 정치 지망생 젊
은이들을 후원했다고 적어놓았다.

막연하지만, 나는 쿠르트 블로흐가 미술학교 진학에 실패하
고 정치에 눈을 돌린 한 야심만만한 젊은이에게 장서표의 제작을
의뢰했다고 상상해본다. 그 젊은이는 위대한 아리아인이 세울 신
성국가의 이상을 이 장서표에 새겨놓았다. 나중에 그는 1차 대전
의 패전으로 극심한 채무에 시달리는 나라를 구원하고, 독일을 세

계 최강국 중 하나로 만들었다. 그는 그렇게 일으킨 나라로 전 세계를 휩쓴 전쟁을 일으켜서 수많은 사람을 죽게 하고 자신도 자살했다. 그 뒤 그에 관한 허망한 소문들, 이를테면 금괴, 수정 해골, 성배, UFO, 불사신에 관한 이야기들이 떠돌았다. 이 장서표가 제3제국의 망령과 어떤 관계가 있다거나 장서표의 AH가 아돌프 히틀러를 가리킨다는 건 그저 막연한 상상일 뿐이다. 그러나 이 상상 속에서 쿠르트 블로흐의 장서표는 20세기가 기억하는 최악의 인물이 간직하고 있던 정신세계, 그가 건설하려 했던 이상국가의 풍경화를 보여준다. 상상력을 조금 더 발휘해보면, 빛을 뿜으며 하늘을 가로지르는 별은 런던을 향해 날아가는 V2 로켓처럼 보인다.

야외의 연인들 *Outdoor Lovers*

로이 패터슨Roy Patterson, 월넛크릭 CA: 젠스 북스Zen's Books, 1978

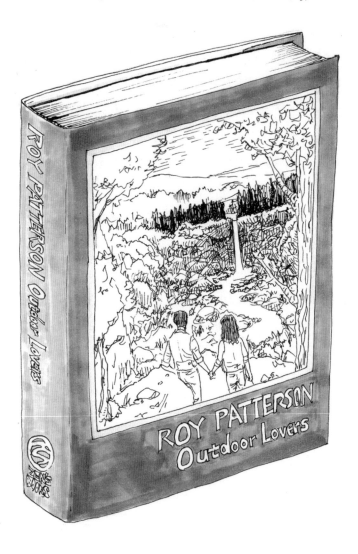

리처드 브라우티건의『미국의 송어낚시』(1967)는 점차 파괴되어가는 미국의 자연을 문명 비판적 시각에서 그려낸 고전이다. 플라워 무브먼트 이후에 방황하던 젊은 세대는 이 책에서 미국이 잃어버린 이상향을 재발견했다. 출간 이후로 브라우티건이 그려낸 송어가 헤엄치는 개울은 소로의 월든 호숫가와 함께 미국이 되찾아야 할 목가적인 풍경을 이루는 중요한 요소가 됐다. 로이 패터슨 역시 그 책을 통해 길을 발견한 한 사람이었다. 그는『야외의 연인들』의 머리말에 이렇게 썼다.

"브라우티건은『미국의 송어낚시』의「워스위크Worsewick 온천」장에서 점액으로 미끈거리는 노천 온천에서 아내와 나눈 정사 장면을 그리고 있다. 잘못 떠내려와 상류로 돌아가지 못한 채 죽은 물고기들이 다리 사이를 미끄러지고 그 사이를 하얗게 굳은 정액이 떠다니며 흐른다. 이 그로테스크한 풍경은 새로운 생명의 잉태가 불가능해진 미국의 현재를 상징한다. 그러나 나는 그 풍경에서 브라우티건과는 달리 일말의 희망을 본다. 그것은 생명의 가능성, 사랑의 가능성이다."

저자인 로이 패터슨은 대학에서 문학을 전공하다 중퇴하고 기자, 트럭 운전사, 카우보이, 교사 등의 직업을 거친 뒤 낚시와 캠핑 도구점을 냈다. 그는 한 권의 소설과 두 권의 낚시, 캠핑 안내서를 출간했다.『야외의 연인들』은 그의 네 번째 책이다.

이 책의 부제―표지에는 나오지 않고 표제지에만 보인다―

는 '야외에서 사랑을 나누려는 연인들을 위한 안내서'다. 1장은 야외에서 사랑을 나누는 장점을 열거하고 있다. 이를테면 시간에 구애되지 않는 점, 다른 사람이 알아챌까봐 염려하지 않아도 되는 점, 자유로운 방식으로 사랑을 나눌 수 있는 점, 사랑의 행위에 더 집중할 수 있는 점, 색다른 장소에서 더 큰 즐거움을 만끽할 수 있는 점, 자연과 하나가 되는 기쁨을 느낄 수 있는 점 등등.

2장에서는 사랑을 나누는 다양한 방법을 소개하고 있는데 자전거나 도보 여행, 조깅 등의 야외 활동 중에 우발적이고 충동적으로 사랑을 나누는 연인들을 위한 비교적 평범한 체위부터 캠핑 장비를 갖추고 보금자리를 구축한 뒤 사랑을 나눌 만반의 준비를 한 연인들을 위한 다소 기묘한 다양한 체위들이 그림과 함께 실려 있다.

3장은 사랑을 나누기에 적절한 장소를 고르는 법, 닿으면 피부병이 생길 수 있는 식물을 피하는 법, 곤충이나 지네 등 벌레뿐만이 아니라 뱀, 곰 등 위험한 동물의 서식지를 피하는 법, 안전하고 쾌적한 야영지를 구축하는 방법 등에 대해 설명하고 있다.

부록으로는 야외에서 사랑을 나누는 데 필요한 준비물들을 열거하고 있는데 저자는 사용한 콘돔은 동물이 먹지 못하게 반드시 수거하라고 강조하고 있다.

제목만 얼핏 보면 이 책은 야외 활동 애호가들을 위한 지침서로 보인다. 『미국의 송어낚시』가 서점의 낚시 코너에 꽂혀 있던 때가 있었다. 아마 이 책도 서점가에 유통됐다면 캠핑 코너에 꽂히지 않았을까. 무심코 이 책을 꺼내 든 사람은 당황하면서 얼른 제자리에 다시 꽂아두거나 뜻밖에 보물을 발견했다며 기뻐했을지도 모른다. 이 책을 분류할 마땅한 범주가 떠오르는 바가 없는 것도 사실이다 보니 캠핑 코너에 꽂혀 있다 해도 딱히 틀렸다고 보기 어렵다. 항의하는 사람도 그다지 없지 않았을까. 우연히 이 책을 발견한 캠퍼들 사이에서 입소문으로 인기를 끌게 될지도 모르는 일이다. 그리고 도서관에서 이 책을 싫어하는 사람은 보지 못했다.

나 역시 이 책을 읽었다. 그리고 내 감상을 말해보자면 이 책은 듀이 십진분류법(DDC)으로는 796(운동, 야외 스포츠)보다는 613(개인 건강과 안전)의 하부로 분류하는 게 더 적절해 보인다는 것이다.

빈센트 쿠프만에 대해 1

VK는 항상 도서관의 사람이 모두 빠져나간 뒤, 문을 걸어 잠그기 바로 전에 방문했다. 그 즈음은 업무를 마무리할 시간이기 때문에 특별한 경우가 아니면 방문자는 받지 않았지만 VK는 늘 그 시간을 고집했다. 한번은 도서관 운영 시간에 방문해줄 수 없느냐고 부탁해봤지만 그는 자신이 바쁜 사람이어서 그 시간에는 찾아올 수 없으며 억지로 시간을 내려면 낼 수도 있지만 그게 아주 어려운 일이고 만약 운영 시간에만 기증을 받겠다면 책을 기증할 다른 도서관을 찾는 수밖에는 없겠다고, 예의 빠르게 웅얼거리는 말투로 말했다. 그는 정말로 할 일이 아주 많은 사람처럼 잰걸음으로 도서관에 왔고 떠날 때도 마찬가지로 다급한 걸음이었기 때문에 나는 그가 정말로 아주 바쁜 사람이며 부족한 시간을 쪼개 들르는가 보다 생각할 수밖에 없었다.

VK가 도착했다는 건 그의 낡은 녹색 밴이 털털거리는 엔진 소리를 내며 도서관 앞에 멎는 것으로 알 수 있었다. 그때쯤이면 출입문 앞에 운영 시간이 끝났다는 안내표지를 걸어두지만 VK는 도서관 계단을 종종걸음으로 뛰어 올라와서 마치 그런 게 없다는 듯이 안내표지를 무시하고는 심각한 얼굴로 문을 열어젖히고 들어왔다. 그러고는 뭔가에 단단히 화가 난 사람처럼 인사도 없이 내 책상으로 다가와서 내가 기증확인서를 건넬 때까지 말없이 기다렸다. 내가 서류와 펜을 내밀면—조금이라도 지체하면 그는 발을 구르거나 손가락으로 난간을 두드리며 초조해했다—그는 입술을 달싹거리면서 빈칸을 채워 나갔다.

좋게 봐줘도 VK는 편한 사람은 아니었다. 특별히 피해는 끼치지 않았지만 조금 괴짜였고 함께 있으면 그 시간에 비례해 조금씩 점점 더 불편해졌다. 그는 까닭 없이 초조하고 불안해했는데 그걸 들키지 않으려고 필요 이상으로 대단한 사람인 척 구는 것처럼 보였다. 필적으로 보건대 그는 아주 집요하고 열정적인 사람인 것 같았다. 그가 작성을 마치고 내민 기증확인서에는 힘을 줘서 빠르게 써내려간 글씨가—그는 책 내용에 대한 개요를 적을 때조차 단 한 순간도 머뭇거리는 법이 없었다—여백을 빽빽하게 채우고 있었다. 그는 서류를 작성하는 동안 가끔 눈을 들어 나를 쳐다봤는데 내가 자기를 쳐다보고 있는지 확인하려는 것 같았다. 그가 눈이 마주칠 때마다 더 초조해하며 눈살을 찌푸렸기 때문에 조금이라도 편하게 해주려고 나는 내 일을 하는 척했다. 그의 딱딱거리는 펜 소리 때문에 아무것도 집중할 수 없었지만.

마지막으로 왔을 때는 2월이었는데 그날도 그는 기증확인서 를 서둘러 작성한 뒤 도서관을 떠났다. 그가 떠난 뒤 이제 도서관 문을 잠그고 LM이 올 때까지 내 방에 올라가 쉬어야겠다 생각하 는데 잠시 뒤 계단을 뛰어오르는 소리가 들렸다. VK였다. 그는 몹 시 다급한 목소리로 혹시 전화를 쓸 수 있는지 물었다. 무슨 일인 지 물어도 그냥 전화만 쓰게 해주면 된다고 할 뿐이었다. 도서관 전화기로 그는 어딘가로 전화를 걸었지만 연결이 되지 않는 것 같 았다. 그는 볼멘소리로 뭔가 웅얼거리며 이마를 짚고 머리를 넘기 고 얼굴을 쓸어내리고 했다. 짐작 가는 바가 있어서 혹시 차에 시 동이 걸리지 않느냐고 묻자 그는 그제서야 그렇다고 대답했다. 나 는 BP에게 전화를 걸어 혹시 도와줄 수 있느냐고 물었다. 그 시간 에 그런 일을 도와줄 수 있는 사람은 그뿐이었다. BP는 한 시간쯤 뒤에야 올 수 있다고 했다. 그래서 나는 VK에게, 그가 정말로 응할 거라고는 조금도 생각하지 않은 채 시간이 좀 걸릴 테니 잠시 위층 에 올라가서 차라도 마시며 기다리지 않겠느냐고 물었다. 뜻밖에 도 그는 선선히 그러겠다고 했다.

알고 보니 그가 위층에 올라온 건 호의나 친밀감 따위가 아니 라 호기심 때문이었다. 그는 관장실과 내 방을 구석구석 샅샅이 훑 어봤다. 청하지도 않았는데 관장실 책상의 의자에 앉아 한 바퀴 돌아보기도 하고 서랍을 만져보기도 하고—열지는 않았다—갑자기 일어나 창문을 열어서 거리의 경치를 내려다보거나 서가의 책들을 한 줄씩 재빨리 훑기도 했다. 그러면서 내게 이곳에 사는지 아니면 가끔만 여기서 자는지, 도서관에서 사는 건 어떤 기분인지, 이상한 일은 일어나지 않는지, 도서관은 언제 지어졌는지, 이곳을 쓰던 도서관장은 어떤 사람이었는지, 왜 지금은 도서관장 자리가 공석인지, 귀중한 책들은 어디에 보관하는지, 낡은 책은 어떻게 처리하는지 등을 두서없이 물었다.

조명 때문이었는지 아니면 그곳이 더 사적인 공간이기 때문이었는지 모르겠지만 그런 걸 묻는 동안의 VK는 평소와는 다른 사람 같았다. 늘 찌푸리고 있던 눈가가 부드러워졌고 목소리도 평소보다 높고 밝았으며 행동도 어쩐지 들떠 있었다. 마치 뜻밖의 선물을 받아서 신난 아이 같았다.

난롯가에 앉아서도 그는 찻잔을 든 채 주위를 두리번거리는 걸 멈추지 않았다. 그러더니 묻지도 않았는데 자기 이야기를 시작했다.

빈센트 쿠프만에 대해 2

VK의 이야기를 종합해보자면 이렇다.

그는 작가인데 지금까지 책을 여러 권 냈다. 모두 필명으로 낸 것이어서 VK라는 이름으로는 찾을 수 없다. 그리고 책도 그리 많이 팔리지는 않았다. 지금도 계속 글을 쓰고 있고 이미 완성한 원고도 여럿이라 출판사에 계속 투고하는 중이다(그는 자기가 쓰는 글이 어떤 것인지는 알려주려 하지 않았다). 한 번 결혼하고 이혼했는데 전처는 미술관 큐레이터, 그 남편은 방송국에서 기술자로 일하고 있다.

작가이기는 하지만 그의 주 수입원은 따로 있다. VK는 북맨이다. 북맨은 수집가들을 위해 희귀본을 찾아내고 거래하는 사람들을 말한다. 그가 주로 다루는 것은 대중에게 잘 알려지지 않은 책들인데 그런 책들 중에는 드물게 가치가 높은 것이 있어서 운이 좋으면 꽤 비싼 값에 팔 수 있다. 그러나 대부분은 쓰레기 취급을 받는 시시한 책들이다. 그의 집에는 언젠가 비싼 값에 되팔 수 있을지 모른다는 희망으로 모아둔 그런 책들이 수천 권 쌓여 있는데 집의 공간이란 한정돼 있기 때문에 때가 되면 어쩔 수 없이 중고서점에 헐값에 팔지 않으면 안 된다. 그런데 중고서점은 판권면과 ISBN이 없는 책은 사들이려 하지 않는다. 그러면 그런 책들은 어떻게 해야 하나. 갖고 있을 수도, 누군가에게 팔 수도, 그렇다고 버릴 수도 없는 책은.

그는 어느 날 저녁 도서관 앞을 지나가다 동판에 새겨진 '어디에도 없는 책들을 위한 도서관'이라는 글귀를 보고 자신이 찾던 곳을 발견했다. 그리고 모든 책들은 저마다의 운명이 있다는 말을 떠올렸다. Habent sua fata libelli.

책을 기증해주는 건 고맙지만 그러면 너무 손해 보는 거 아니냐고 묻자 VK는 사실 손해는 거의 없는데 왜냐면 어차피 공짜로 얻은 책이기 때문이라는 것이다. 누군가 버린 책을 가져온 거냐고 묻자 그는 흥분하면서 자기가 가져온 책이 쓰레기처럼 보이느냐고 되물었다. 내가 아니라고 하자 그는 그 책들은 자기가 가져오기 전까지는 서가에 얌전히 꽂혀 있던 것이 분명하다고 말했다. 내가 그래도 못 알아듣는 것처럼 보였는지 그는 자신이 그 책들을 훔쳤다고 고백했다.

VK는 생계를 위해 책을 훔쳤다. 그가 훔치는 건 도서관, 혹은 서재에서 사라지더라도 당장은 아무도 눈치채지 못할 책들이었다. 그런 책을 훔치기 위해 그는 서가의 책들을 유심히 살피는 버릇이 있는데 그건 어떤 책이 사람들의 시선과 주의의 맹점에 있는지 찾아내기 위해서였다. 책 주인이나 도서관은 몇 년이 지나도 책이 없어졌다는 사실을 알아차리지 못했다.

그에 따르면 도둑질은 범죄에 분명하지만 책 도둑은 예외로 쳐야 한다. 만약 누군가 비싸게 되팔 생각에 책을 훔친다면 그는 그냥 도둑에 불과하다. 이때 책은 목적이 아니라 수단이기 때문이다. 그러나 만일 누군가 자신이 읽기 위해서든 누군가에게 읽히기 위해서든, 혹은 책장 안에 보관된 채 보여지지도 읽히지도 않고 자리만 차지하고서는 잊혀가는 것이 안타까워서든, 아니면 그저 어떤 책인지 잠깐 보려고 책장에서 책을 꺼내기는 했지만 여러 가지 이유 때문에 다시 제자리에 집어넣을 수 없어서 그곳에서 들고 나왔다고 한다면 과연 그를 도둑이라고 할 수 있을까?

VK는 거의 즉흥적으로 구원자를 자처하기 시작했다. 즉 자신은 책을 구원하고 그 책을 읽기를 원하는 사람을 구원하고 심지어는 그 책의 원래 주인도 구원한다는 것이다. 책과 그걸 읽으려는 사람을 구원하는 건 알겠는데 책 주인은 어떻게 구원한다는 것일까. 왜냐면 책 주인은 그 책을 갖고만 있고 읽지 않아서 죄책감을 느끼는데, 누군가 그 책을 훔쳐내면 비로소 안심하게 되기 때문이다. 그건 그가 책을 잃었다는 사실을 깨닫지 못하더라도 여전히 진실이다. 또한 그는 자신이 서가를 구원한다고도 주장했는데 너무 빽빽하게 꽂아놓은 서가보다는 한두 권이 빠져나가 공간이 생긴 서가가 책들의 보존성이 더 좋아지기 때문이다. 즉 그는 책과 책이 빠져나갈 서가와 책 주인과 그 책을 읽을 누군가를 위해 책 도둑이라는 위험한 일을 하는 것이다. 그가 위험에 비해 터무니없이 적은 수입만을 얻고 있는 건 그것이 도둑질이 아니라 봉사라는 증거다.

BP가 전화를 걸어서 우리는 도서관 앞으로 나갔다. BP는 날이 추워 배터리가 방전된 것 같다며 그의 차와 VK의 차의 엔진에 점프선을 연결하고 시동을 걸어줬다. 떠날 때 보니 VK는 웃음기가 가시고 후회하는 얼굴이었다. 뒤늦게야 너무 많은 말을 했다는 걸 깨달은 것 같았다. 다음에 또 들르라고 말했지만 그는 내게도 BP에게도 고맙다는 인사도 없이 잔뜩 골난 얼굴로 떠나버렸다.

그 뒤로 다시는 나타나지 않았다.

메트로 *Metro*

존 알런 플레밍John Arlen Fleming, 워터타운 MA: 사이먼 북스Simon Books, 1991

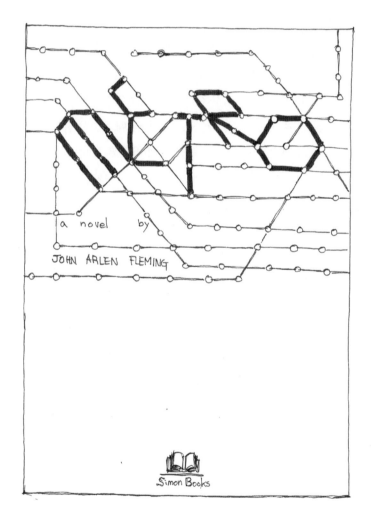

존 알런 플레밍의 장편소설 『메트로』의 주인공은 챈스 베이컨 주니어라는 이름의 중년 남자다. 증권회사에서 근무하는 챈스는 어느 날 아내가 유방암에 걸렸다는 걸 알게 된다. 챈스는 대수롭지 않게 생각하고 암이 나으면 함께 파리로 여행을 가자고 약속하지만 아내는 치료 도중 죽고 만다. 장례식을 치른 챈스는 회사에 휴가를 내고 혼자 여행길에 오른다. 그는 유명한 관광지를 돌아다니며 사진을 찍는다. 시간이 갈수록 여행의 흥미는 사라지고 챈스는 파리가 처음 생각했던 것만큼 여행자에게 호의적인 곳이 아니라는 걸 알게 된다. 카메라를 소매치기 당하자 파리에 대한 혐오와 여행의 권태는 극에 달한다.

그러나 챈스는 아내와의 약속을 지켜야 하기 때문에 아직 파리를 떠날 수 없다. 챈스에게 위안을 주는 장소는 지하철뿐이다. 그는 아르누보 양식으로 장식된 길고 어두운 환승 통로를 걸으며, 지하철 안의 지치고 외로운 사람들을 보며, 파리가 타인의 도시이고 그런 면에서 자신이 떠나온 곳과 마찬가지임을 깨닫는다. 그는 프랑스어를 모르지만 서점에서 아무 책이나 골라 들고 읽는 척한다. 그가 고른 책은 우연히도 카뮈의 『이방인』이다.

챈스는 아무 역에나 내려서 조금 걷다가 다시 지하철을 타기를 반복한다. 휴가가 거의 끝나갈 즈음 그는 충동적으로 내린 역에서 박물관에 들어간다. 전시 중인 그림 중 하나에서 아내와 꼭 닮은 얼굴을 발견한 그는 문득 자신이 아내를 단 한 순간도 제대로 이해하지 못했고 사랑한 적조차 없다는 것을 알게 된다. 여행 마지막 날 그는 지하철 승강장에서 발을 헛디디며 선로에 떨어져 죽는다.

『메트로』는 여행지인 파리에서 석연찮은 이유로 죽음을 맞는 중년 주식중개인 챈스의 삶의 마지막 며칠을 다루고 있다. 죽은 아내의 뜻에 따라 파리에 온 그의 일과라고는 지하철을 타고 파리 시내를 돌아다니는 것뿐이다. 그는 아무 역에서나 내려 무작정 걷다가 다시 지하철을 탄다. 피곤하면 길가에 주저앉고 배가 고프면 눈에 띄는 식당에 들어가 메뉴를 가리키며—그는 프랑스어를 읽을 줄 모른다—아무거나 시켜 먹는다. 그리고 밤이 깊으면 택시를 타고 호텔로 돌아온다.

그는 파리라는 도시에 아무런 관심이 없다. 그는 파리에 없는 사람처럼 행동하고 파리에 있는 그가 자신이 아닌 것처럼 행동한다. 모든 걸 우연에 맡김으로써 그 시간을 무화無化할 수 있다는 듯이. 어느 날 지하철에서 곤란에 처한 여자가 그에게 간절히 도움을 청했을 때도 그는 마찬가지로 행동한다. 챈스는 마치 앞이 보이지 않는 사람처럼 손을 앞으로 내밀어 더듬거리며 그 자리를 빠져나간다. 이 장면은 그의 죽음에 대한 복선이 된다. 소설의 마지막 장면에서 그는 지하철역에서 그때의 여자를 다시 마주치고는 다음 순간 선로에 떨어져 죽는다. 마지막 장면은 의도적으로 모호하게 처리돼 있다. 챈스가 선로에 떨어진 것은 우연한 실수, 자발적인 선택, 혹은 등 뒤에 다가온 여자가 민 것처럼도 보인다. 떨어지는 순간 그가 코트 양쪽 주머니에 들어 있던 『이방인』과 아내의 사진을 양손으로 꼭 움켜쥔 것 역시 여러 해석을 가능하게 한다.

챈스라는 이름, 연속된 우연, 낯선 거리에 던져진 우매한 개인 등 이 소설은 여러 면에서 저지 코진스키가 동명의 주인공을 내세워서 쓴 소설을 떠올리게 한다. 그 소설에서 우연히 상류사회에 진입한 뒤 세상일을 모두 정원 일에 빗대 말하면서 현자로 오해를 받게 된 무학의 정원사는 입버릇처럼 '나는 보는 것을 좋아합니다'라고 되뇐다. 플레밍의 주인공이 지하철에서 곤경에 빠진 여자를 무시하며 장님인 체하는 대목은 그가 코진스키의 주인공의 안티테제임을 보여준다. 코진스키의 주인공이 국가 조직의 모순과 상류사회의 불합리를 보여주는 일종의 히어로였다면 알런의 주인공은 일체의 사회적 인과를 부정하는 개인을 통해 삶의 부조리를 고발하는 안티히어로라고 할 수 있다.

작가는 소설 전체에 걸쳐 파리의 풍경을 거의 지루할 정도로 자세하게 묘사하고 있다. 보도블록과 연석의 모양, 모퉁이에 걸린 양복점 간판, 노천카페의 등걸 의자, 발소리가 울려 퍼지는 한낮의 골목, 꽃향기를 풍기는 정원을 감추고 둘러선 담장, 교회의 벽면에 반쯤 튀어나온 가고일의 흔적, 좁은 보도에 면한 어두운 창문과 그 창문에 얼핏 비치는 얼굴, 밝은 파란색으로 칠한 육중한 철문, 언덕을 오르는 길에 드리운 나무 그늘, 국기가 꽂혀 있는 작은 테라스 등. 이는 장님 행세를 하는 주인공에 대한 비판으로 보이지만 어쩌면 주인공이 사실은 풍경에 집착한다는 걸 보여주려는 작가의 의도인지도 모른다.

짐머 *ZIMMER*

고르트 바흐너Goerth E. Bachner, 제임스 톨비어James Tolvier 옮김,
블루밍턴 MN: 우든아치 북스Wooden Arch Books, 1962

한 여자가 정사각형 건물의 바닥에 타일을 깔고 있다. 처음에 그는 제일 구석에 타일 하나를 놓는다. 정사각형 타일에는 아라베스크 무늬가 방사형으로 그려져 있다. 그리고 첫 번째 타일을 둘러싸면서 세 개의 타일을 더 놓는다. 다음에는 다섯 칸, 다음에는 일곱 칸, 다음에는 아홉 칸, 열한 칸⋯⋯. 그녀가 놓은 타일은 언제나 정사각형 모양이다.

첫째 날. 이름 없는 남자가 한 번도 본 적 없는 방에서 깨어난다. 어떤 사건도 일어나지 않는다. 남자는 텅 빈 하루를 보내고 그날 밤 다시 그 방에서 잠든다. 둘째 날. 또 다른 이름 없는 남자가 마찬가지로 한 번도 본 적 없는 방에서 깨어난다. 이 방은 처음의 남자가 깨어난 그 방이다. 이 남자는 방을 나선다. 또 다른 방이 있다. 세 개의 방을 다 지나가자 하루가 끝난다. 다른 사건은 없다. 남자는 네 번째 방의 침대에서 잠든다. 셋째 날. 또 다른 이름 없는 남자가 첫 번째 방에서 깨어난다. 네 개의 방을 모두 지난 남자는 이제 다섯 개의 방을 더 지나간다. 다른 사건은 없다. 남자는 아홉 번째 방의 침대에서 잠든다. 넷째 날. 방에서 깨어난 남자는 아홉 개의 방에 이어 일곱 개의 방을 더 지나간다⋯⋯.

또 다른 첫째 날. 한 명의 여자가 문 앞에 서 있다. 나는 여자를 들이기 위해 문을 열려고 한다. 문은 열리지 않는다. 둘째 날. 전날 온 여자 외에 세 명의 여자가 더 문 앞에 서 있다. 나는 문을 열려고 시도한다. 여전히 문은 열리지 않는다. 셋째 날. 이전의 여자들을 제외하고 다섯 명의 여자가 문 앞에 서 있다. 다른 일은 일어나지 않는다. 나는 여전히 문을 열려고 시도하지만 성공하지 못한다. 넷째 날. 이번에는 일곱 명의 여자가 더 서 있다. 이들은 언제나 정사각형의 대형을 이루고 있다……. (「당신의 네모난 얼굴dein Rechteck Gesicht」 부분)

잘츠부르크 대학 수학과의 교수로 재직했던 고르트 바흐너는 퇴직 후에 소설을 적기 시작했다. 『짐머』는 그가 64세에 처음으로 발표한 작품집으로 수학 개념을 소설로 풀어서 쓴 것이다. 부분 발췌한 「당신의 네모난 얼굴」에서는 알 수 없는 시공에서 방, 사람, 타일, 점, 구름, 생각, 책 등이 끝없이 증가한다. 이야기는 점차 확대되면서 전체적으로 유기적인 구조를 갖는다. 저자에 따르면 이 작품은 정수론과 제곱수, 기하학의 대수적 해법에 대한 사고 실험이다. 지적인 도전을 즐기는 독자라면 숫자들을 곱하고 더하고 제곱하는 과정에서 수학 개념이 은유적으로 표현되는 것에 흥미를 보일 수도 있으리라. 같은 책에 실린 「다시 만나서 다시」는 순허수와 실수, 지수함수와 삼각함수의 관계를 다루고 있으며 「별들은 찬란하게」는 기하학적 위상수학과 군론을 이용해 환상적인 풍경을 만들어내고 있다. 책에는 이밖에도 선형대수학, 집합론, 해석학, 위상공간론 등을 이용한 작품들이 실려 있다.

일반 독서 대중에게 이 책이 호응을 얻기란 쉽지 않을 것이다.

책은 소설로서는 지루하고 수학책으로서는 장황하고 이론서로서는 빈약하다. 책이 지향하는 독자층은 수학에 관심 있는 일반 독서 대중도 아니고 고등수학의 해법을 얻고자 하는 수학자도 아니다. 그러나 개념의 복잡함보다 독자의 이해에 더 큰 걸림돌이 되는 것은 바로 문장의 난해함이다. 문장은 불분명한 접속사로 몇 개의 복문으로 이어져 있고 단어는 지시와 의미가 모호하다. 대개의 문장은 몇 번을 고쳐 읽지 않으면 뜻이 통하지 않고 조금이라도 딴생각을 하면 금방 흐름을 놓치고 만다. 책에 나오는 대개의 어휘가 수학 용어가 아니라 일상어라는 점을 고려하면 혹시 이 모든 게 번역의 문제일지도 모른다는 데 생각이 미친다.

BP는 모국어로 쓰인 책을 읽을 때 차례로 이어지는 다섯 문장이 뜻이 통하지 않는다면 그건 독자의 문제이기보다는 저자 혹은 번역자의 문제라고 말했다. 저자든 번역자든 자신이 쓰는 것이 무엇인지 제대로 알지 못한 채 썼다는 것이다. 그는 세상에는 그런 책이 넘쳐 날 정도로 많으며 그런 책을 읽느라 허비하기에는 우리의 삶이 너무 짧으니 처음 30페이지를 넘겼는데도 내용을 이해할 수 없거들랑 그런 책은 얼른 던져버리는 게 현명한 방법이라고 말했다.

『짐머』를 다 읽는 데는 확실히 다른 책보다 많은 시간이 걸렸다. 책의 마지막 페이지를 넘기는 순간까지도 책의 내용에 대해서는 거의 이해하지 못한 것을 보면 BP의 말대로 중간에 포기하는 게 좋았던 건지도 모르겠다. 시간이 많이 걸린 건 중간에 책을 손에서 놓았다가 다시 집어 들기를 반복했기 때문이다. 나는 이 책을 여러 환경에서 읽었는데, 머리가 아프려 할 때 읽기도 했고(두통이 더 심해졌다) 쿠키와 차를 앞에 두고 읽기도 했고(LM을 처음 만난 날 읽던 책이 이것이었다) 잠이 오지 않을 때 읽기도 했고(쉽게 잠들 수 있었다) 비가 오는 날 읽기도 했고(마찬가지로 잠이 쏟아졌다) 부끄럽지만 화장실에서 읽기도 했고(물론 손은 깨끗이 씻었다) 일이 손에 잡히지 않을 때 읽기도 했다(차라리 일을 하는 편이 더 홀가분했다). 이 책은 어느 환경에서나 읽기 괴로웠고 덕분에 읽는 동안 의식은 자꾸만 책의 바깥을 헤맸다. 그 때문인지 이 책을 생각하면 책의 내용 대신 책을 읽을 당시의 경험이 떠오른다. 쿠키의 맛, 공기의 냄새, 빗소리, 아침 햇살의 온도, 두통의 느낌, 그즈음의 감정 같은 것들이. 어쩌면 나는 한 권의 책과 그 책을 읽는 데 들이는 시간을 그 시간만큼의 경험의 기억과 바꾼 건지도 모르겠다. 책을 제대로 읽지 못하고 시간을 보내버린 건 아쉽지만 그 역시 나름대로 멋진 일이라고 할 수 있지 않을까.

프로스페로의 꿈 *The Dream Of Prospero*

• 이 책에는 표지의 제목 외에 어떤 서지 정보도 없다.

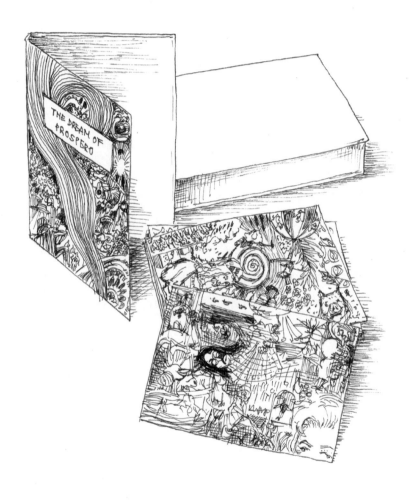

누구든 이 책을 처음 본다면 뭔가 귀중한 것을 담은 상자라고만 생각할 것이다. 겉에는 아무런 표지標識도 없어서 그 안에 있는 게 뭔지 짐작할 만한 단서가 없다. 조심스레 뚜껑을 열고 내용물을 확인하고서야 이 상자가 책갑이라는 걸 확인할 수 있다.

상자 안에서 나오는 건 기하학적 그림으로 표지를 장식한 견장정의 책이다. 표지를 열면 이 책의 낱장이 책등에 제대로 접합돼 있지 않다는 걸 발견하게 되는데 그래서 책장을 넘길 때마다 조심할 수밖에 없다. 본문에는 글은 없고 그림뿐이다. 그림이 무엇을 뜻하는지는 알기 어려운데 왜냐면 설명이 될 만한 것이 어디에도 없기 때문이다. 페이지를 넘기면 앞선 그림과는 그다지 연결되지 않는 다른 그림이 나온다. 그러나 설명이 없기는 여전히 마찬가지다. 본문은 모두 16장이고 그림은 모두 32면이다. 이 그림들을 끝까지 본 뒤에 알게 되는 것은 이것들을 아마도 한 사람이 그렸을 거라는 것과 동일한 캐릭터가 등장하는 것으로 보아 여기에 모종의 스토리가 있다는 것이 전부다.

책을 처음부터 다시 보면 이번에는 몇 가지의 특징을 발견하게 된다. 그림들에는 히에로니무스 보스의 괴물, 마릴린 먼로, 프랜시스 베이컨의 자화상, 우키요에, 로이 리히텐슈타인, 살바도르 달리, 마일즈 데이비스, 데이비드 보위, 드레스덴 폭격 후의 가고일, 에드워드 머이브리지의 사진처럼 대중적으로 널리 알려진 이미지가 드물지 않게 사용된다. 그리고 반복적으로 나타나는 것들도 있는데 얼룩무늬 양복을 입은 남자, 온몸에서 가지가 뻗어 나온 사람, 손이 여러 개 달린 눈, 빨간색과 파란색이 반복되는 바람개비, 한곳을 향해 헤엄쳐 가는 벌레들 등이다. 그러나 이런 것들에 집중한다고 해서 통일된 이야기를 떠올릴 수 있게 되는 건 아니다.

가장 간단하고 손쉬운 결론은 이 그림들에 아무 의미도 없으며 그림들 사이에도 서로 어떤 연관도 없다는 것이다. 즉 32면의 그림은 일종의 자동기술법에 의해 그려졌고—살바도르 달리의 얼굴이 나오는 건 이걸 암시하기 위한 것인지도 모른다—순서 역시 아무런 의도 없이 무작위로 배치됐다. 그렇다면 누군가 이 책을 보며 이성적이고 정합적인 서사를 구성하는 것은 불가능한 일이다.

그러나 이것이 끝이 아니다. 어쩐지 속았다는 생각에 책을 쥔 손에서 힘을 빼면 마치 그러길 기다렸다는 듯 책은 갑자기 손안에서 비틀거리다 중심을 잃으며 한쪽으로 넘어질 것이고 불의의 사태에 깜짝 놀라 다급하게 책을 움켜쥐려는 노력에도 불구하고 힘은 표지에만 전달될 뿐, 그 안에 있던 낱장은 순식간에 바닥으로 쏟아져 내리며 흩어진다. 그리고 새로운 독서가 시작된다.

주위에는 16장의 본문지가 흩어져 있다. 자신을 둘러싼 16개의 그림을 망연히 내려다보다 어느 순간 이 혼란스러운 그림들을 다시 원래와 같은 순서로 복원하는 일이 불가능할지도 모른다는 것을 깨닫게 된다. 왜냐면 이 그림들의 순서를 기억하려는 노력을 한 적이 없는 데다 이 그림들로 뭔가 이야기를 떠올려보려 하는 동

79

안 원래의 순서를 잊었기 때문이다. 그 뒤 찾아오는 깨달음은 이제 그림들을 주워 책에 꽂아놓는다면 그 순서가 애초의 순서와 정확히 같으리라고는 장담할 수 없으며 다음에 그것을 보게 될 사람은—그건 그 자신이 될 수도 있는데—뒤바뀐 순서를 원래 순서라고 믿게 될 것이라는 점이다. 그렇다면 처음에 본 순서도 어쩌면 누군가 뒤죽박죽 섞어놓은 순서가 아니었나 의심하기에 이른다. 애초에 페이지 번호도 붙어 있지 않고 각 낱장의 앞뒤 구분도 없지 않은가. 게다가 애초에 저절로 떨어지도록 본문 낱장을 제본하지 않은 채로 둔 거라면 책의 저자는 처음부터 이런 상황을 예상하거나 바랐다고 볼 수도 있다. 그렇다면 저자가 나타나 이 그림들의 순서를 지정해준다 하더라도 그것이 이 그림들이 마땅히 취해야 할 순서는 결코 될 수 없다.

계산해보면 16장의 그림을 순서대로 이어서 만들 수 있는 이야기는 20조 개가 넘는다. 이 숫자는 75억 인구가 저마다 다른 2500가지 순서로 이야기를 읽어도 그중 무엇 하나 일치하지 않고 누군가 100년 동안 매일 100가지 다른 방법으로 읽고, 그 생을 500만 번 반복해도 끝내 그 순서들을 다 헤아리지 못한다는 것을 뜻한다. 게다가 이 모든 것은 한 순서를 단 한 가지 방식으로만 해석한다고 가정했을 때의 이야기다. 복잡하게 얽힌 이 그림들의 어떤 인물은 연설가인 동시에 박해자로 보이고, 해골은 죽음과 의학과 웃음을, 심장은 건강과 사랑과 영혼과 육욕을 동시에 상징한다.

그렇다면 어쩌면 단 하나의 배열 순서에서도 여러 가지의 독법이 탄생할 수 있을 것이다. 이것이 끝이 아니다.

지금 발아래 보이는 16장의 그림은 '보이는 절반'에 불과하다. 모든 그림에는 뒷면이 있고 바닥에 놓인 16장의 뒷면은 그것들 나름의 이야기를 만들고 있을 것이다. 윗면이 빛의 이야기이고 아랫면이 그늘의 이야기라고 하자. 두 개의 이야기는 쌍으로 존재한다. 빛의 세계를 읽는 동시에 그늘의 세계를 읽을 수는 없다. 보이는 무한한 세계 뒤에 그와 정확히 같은 숫자의 보이지 않는 무한한 세계가 있다. 그리고 한 장의 그림을 뒤집을 때마다 두 세계는 서로 넘나든다.

어쩌면 20조 개의 순서 중 단 하나의 옳은 순서가 있을지도 모르고 또 어쩌면 20조 개의 순서는 모두 똑같은 가치를 갖고 있을지도 모른다. 어쩌면 순서는 20조를 훨씬 넘어서 1조의 1조 배의 1조 배보다 더 큰지도 모른다. 그것은 인간의 삶에서 헤아려볼 수 있는 숫자가 아니다. 오히려 영원에 가깝다고 해야 할 숫자 앞에서 다시 한 번 보르헤스와 그의 도서관을 떠올려보자. 어쩌면 이 책을 읽는 유일한 독법은 알렙을 통해 세계를 총체적으로 보는 보르헤스처럼 32장의 그림을 동시에 보는 것인지도 모른다.

레나 문에 대해 1

8월 말에서 9월 초에 잠깐 다시 더위가 찾아올 때가 있다. 그런 날에는 어김없이 오후에 남서쪽에서 돌풍이 불어오며 저녁 무렵이면 비구름이 몰려든다. 비는 처음에는 낮의 열기에 들뜬 몸을 식혀주지만 얼마 지나지 않아 뼛속까지 시리게 만든다. 그러니 그런 날 밤에 누군가 갈 데가 없어 거리에서 비를 맞고 있다면 그가 누가 됐든 내버려둬서는 안 되는 것이다.

늦은 밤에 누군가 도서관 문을 두드렸다. 비가 조금만 더 세차게 왔어도 소리를 듣지 못했을 것이다. 1층에 내려가 보니 처음 보는 여자가 비에 흠뻑 젖은 채 떨고 있었다. 재킷도 걸치지 않은 셔츠 차림이어서 몹시 추워 보였다. 여자는 2층에 불이 켜져 있는 걸 봤다면서 도서관 문을 몇 시에 닫는지 물었다. 나는, 물론 그럴 리는 없다고 생각했지만 혹시 여자가 급하게 책을 찾는 건지도 모르니까 아쉽지만 도서관은 다섯 시까지이며 혹시 책을 찾는 거라면 내일 아침 아홉 시 반에 다시 오라고 말해줬다. 여자는 잠시 망설이다 혹시 근처에 밤새 여는 카페가 있는지 물었다. 아무래도 여자는 도움이 필요해 보였다. 괜찮으면 잠시 들어오지 않겠느냐고 물었다. 2층의 내 방에 데려가서 마른 수건과 담요, 따뜻한 차를 내줬다. 그리고 윌킨스 부인의 쿠키도 꺼냈다.

여자는 자기 이름이 레나 문Lena Moon(LM)이라고 했다. 그녀는 다른 도시에서 왔는데 짐도 돈도 잃어버려서 무척 난처한 상황이었다. 갈 곳이 있는지 물으니 없다고 했다. 나는 그럼 갈 곳이 정해질 때까지 당분간 도서관에 머물러도 좋다고 말했다. 그날 밤 그녀는 내 침대에서 잤고 나는 관장실의 소파에서 잤다.

LM은 며칠 뒤에 시내에 방을 얻어서 나갔다. 직장도 얻었는데 낮에는 카페에서 음식을 날랐고 저녁에는 극장에서 표를 팔았다.

저녁에 우리는 종종 만났다. 나는 시간이 많았고 그녀는 호펜타운에 아는 사람이 별로 없었다. 우리는 식사를 하고 가끔은 술을 마셨다. 나는 그녀를 여러 식당에 데려갔는데 그녀는 어떤 음식이든 맛있게 먹었다. 그녀는 호펜타운의 공기와 하늘과 거리와 공원을 좋아해서 우리는 시간이 날 때마다 만나 함께 산책했다. 그리고 시간이 날 때마다 도서관에 들렀다.

LM은 그림을 그리는 걸 좋아하고 꽤 잘 그렸다. 나는 그녀에게 스케치북과 물감과 색연필을 사줬다. 어느 날 내가 망가진 책

표지를 버리려고 하자 그녀는 종이를 덧대 새 표지를 만들어서 입혔다. 그러자 책은 더 멋진 모습이 됐다. 그녀는 기증자들이 가져온 사가본에 새로운 표지를 만들어서 입히기도 했다. 새 직장을 얻은 뒤로 LM은 거의 매일 도서관에 들렀다. 때로는 오전에. 때로는 저녁에.

윌킨스 씨는 처음에는 LM을 몹시 경계했지만 오래지 않아 마음을 열고 나중에는 좋아하기까지 하게 됐다. 아마 그녀가 그에게 친절하게 대하기 때문인 것 같았다. 윌킨스 부인은 그녀를 그리 좋아하는 것 같지 않지만 그렇다고 싫어하는 것 같지도 않았다. 그저 내 방을 더 이상 노크하지 않게 됐을 뿐이다. 내가 보기에 LM을 싫어하는 사람은 없는 것 같았다.

심지어 내가 아는 한 가장 완고한 사람인 BP마저 LM을 좋아했다. BP는 그녀가 온 후로 도서관에 더 자주 방문했다. 웃음도 말수도 많아졌다. LM은 BP가 최근에 호펜타운을 배경으로 한 소설을 쓰기 시작했다고 알려줬다. 난 BP에게는 그걸 안다는 내색을 하지 않았다.

그녀는 도서관의 내 방을 좋아해서 우리는 자주 내 랩톱으로 영화를 보거나 함께 뭔가를 만들어 먹거나 했다. 월요일에 도서관이 쉬는 주에는 토요일 밤부터 화요일 아침까지 함께 있을 수 있었다.

나는 위원회에 편지를 보냈다. 위원회는 도서관에 '동거인'

이 함께 사는 것은 규정에 어긋난 일은 아니지만 권장되는 일도 아니라고 답변을 보냈다. 그래서 나는 이번에는 LM이 무급으로 도서관을 위해 하는 일을 자세하게 적어서 보냈다. 위원회에서는 이번에는 답장을 보내지 않았다. 나는 그걸 승낙의 뜻으로 이해했다. 그리고 위원회가 뭐라든 상관없었다.

LM은 자신의 짐을 도서관의 내 방으로 옮겼다. 옷 가방 하나와 짐 가방 하나가 전부였다. 모두 호펜타운에 와서 산 것이었다.

그녀는 오전에는 화가의 스튜디오에 갔다가 오후에는 카페에서 일하고 저녁에는 도서관에 돌아온다. 늦어지는 날도 있는데 그러면 나는 카페 앞에 가서 그녀를 기다린다. 우리는 함께 도서관에 돌아오며 이런저런 것들을 이야기한다. 나는 주로 그날 읽은 책에 대해 이야기하고 그녀는 주로 그날 스쳐 간 사람들에 대해 이야기한다. 도서관에 돌아온 우리는 함께 차를 마시고 한 침대에서 잠든다.

레나 문에 대해 2

　우리가 아직 함께 살기 전, 처음 같이 식사를 하러 갔을 때 LM 은 많은 걸 물었다. 도서관에서 사는 건 어떤 기분인지, 어떤 사람들이 도서관에 자주 오는지, 사람들이 책을 많이 빌려 가는지, 주로 어떤 책을 빌려 가는지, 자기처럼 한밤중에 문을 두드리는 사람이 있는지, 도서관 일이 끝나면 주로 뭘 하는지 등등. 도서관과 나에 대해 묻는 건 대답하기 쉬웠다. 하지만 호펜타운에 대한 질문은 대답하기 어려웠다. 어떤 지역 행사나 축제가 있는지, 올해 유행하는 색이 무엇인지, 사람들이 특별히 믿는 미신이 있는지, 아이스크림 트럭은 언제 지나가는지 등등. 나는 이 도시에 대해 생각만큼 잘 모르고 있었다.

　시청에 갔더니 지역 행사를 정리한 관광 안내 리플릿이 있었다. 호펜타운의 미신은 도서관의 향토사 자료에서 찾을 수 있었다. 아이스크림 트럭이 지나가는 날짜는 요코 아키노가 잘 알고 있었다.

어느 날 나는 LM에게 왜 책을 읽지 않는지 물었다. 그녀는 자기는 책을 읽을 수 없는 사람이라고 했다. 짧은 글은 괜찮지만 조금이라도 긴 글을 읽으려 하면 어느 순간부터 글자들이 흩어져서 의미를 알 수 없게 된다는 것이었다. 난독증이 있는 사람은 그전에는 본 적이 없었다. 그녀에게 혹시 그 때문에 곤란했던 적은 없는지 물으니 그런 적은 없으며 책을 읽지 않아도 사는 데는 아무런 문제가 없다고 했다. 그래도 호펜타운 향토사 자료는 못 읽지 않았던가. 그렇게 말했더니 그러면 내가 읽어서 알려주면 되지 않느냐고 말했다.

나는 그녀에게 내가 아는 이야기들을 해줘야겠다고 생각했다.

한번은 그녀에게 장자의 한 구절을 들려줬다. 그 이야기의 주인공은 수레바퀴 깎는 노인이었는데 그는 바퀴의 구멍은 너무 크지도 작지도 않게 딱 들어맞게 깎아야 하는데 그 이치는 오묘해서 말로는 전할 수 없으며 말로 할 수 있는 건 고작해야 그 이치의 찌꺼기들뿐이라고 했다. 즉 책에 쓰여 있는 건 성인이 남긴 심오한 가르침의 찌꺼기일 뿐이라는 게 그 이야기의 요지였다. 내 이야기를 들은 그녀는 혹시 난독증이 있다고 위로하려는 거냐고 물었다. 나는 부끄러워 입을 다물었고 그녀는 큰 소리로 웃었다.

어느 날 우리는 비가 그친 뒤의 공원을 산책하고 있었는데 그녀는 문득 지금 우리가 보고 있는 하늘이 얼마나 짙고 푸른지, 구름이 어떻게 제멋대로 모양을 바꾸는지, 젖은 풀 냄새가 어떻게 마음을 적시는지, 시간이 얼마나 자유롭게 흐르는지는 글로도 사진으로도 남길 수 없고 오직 마음속에만 간직할 수 있을 뿐이라고 했다.

한번은 그녀에게 보르헤스에 관한 이야기를 들려줬다. 그는 작가였고 도서관의 관장이었는데 선천적인 병 때문에 시력을 잃어서 언젠가부터 더 이상 책을 읽을 수 없게 됐다. 그는 왜 신이 자신에게 책과 함께 어둠을 내렸는지 궁금해했다. 그날 밤 함께 잠자리에 들었을 때 그녀는 어둠 속에서도 읽을 수 있는 것이 있는데 그건 바로 우리 자신이라고 대답했다.

그녀의 말이 맞았다.

나는 그녀가 어디에서 왔는지 모른다. 호펜타운에 오기 전까지 어디에서 살았는지, 왜 그날 밤 비에 젖은 채 도서관 문을 두드렸는지 모른다. 물어보면 말해줄지도 모르지만 그걸 반드시 알아야 한다고는 생각하지 않는다. VK의 책이 어디서 왔는지 모르는게 그 책들을 읽는 데 아무런 문제가 안 되는 것과 마찬가지다.

조금 식상한 은유지만 사람은 우주다. 사람은 책이다. 한 사람의 깊이는 우주의 깊이와 같다. 그 깊이를 헤아리기 위해서는 그를 오래도록 읽고 또 읽어야 한다. 그는 새롭게 계속 쓰여지며 끝나지 않는 책이다. 그리고 어떤 책은 시간이 흐르며 더욱 새롭고 흥미롭고 신비로워진다. 그런 책을 읽어 나가는 건 기쁨과 흥분을 주는

모험이다. 내겐 그녀를 읽어 나가는 일이 그렇다. 달리 무엇을 더
바라겠는가.

손으로 만드는 기타 *The Handmade Guitar*

제프 나바로Jeff Navarro, 클리프 호지슨Cliff Hodgeson 해설,
밀퍼드 CT: 백야드 프레스Backyard Press, 1987

이 책은 1954년에 나온 제프 나바로의 동명의 책에 클리프 호지슨이 해설을 덧붙여 1987년에 펴낸 개정판이다. 156페이지로 구성된 본문의 대부분은 나바로 자신이 찍고 그린 흑백 사진과 그림이다. 나바로는 풍부한 도판을 통해 가정용 공구로 기타를 만드는 방법을 소개한다. 즉 나무를 고르는 법부터 시작해서 건조하고 가공하는 법, 나무판을 자르고 접합해서 몸통과 넥, 헤드를 만드는 법, 동물의 뼈를 갈아서 브리지를 만드는 법, 식물성 수지를 이용해 접착제를 만드는 법, 넥에 상감을 넣는 법, 플랫을 끼우고 높이를 맞추는 법 등, 줄감개와 줄을 제외한 기타의 모든 부분에 대한 상세한 제작법을 실어놓았다. 다만 사진이 뭉개지고 선이 번지는 등 도판의 질이 조잡한 건 아쉬운 점이다. 개정판에 덧붙여진 부분의 인쇄 상태와 비교해 유추해보건대 나바로의 생전에 출간된 초판도 인쇄 질이 그리 훌륭하지는 않았을 것으로 보인다. 그러니 그걸 복사해서 재인쇄한 개정판의 질 역시 떨어질 수밖에. 게다가 개정판의 인쇄는 어쩐 일인지 페이지 곳곳에 잉크가 번져서 재료의 특성을 설명하기 위해 찍은 사이프러스와 메이플은 차이를 알아보기 어렵고 장미목의 아름다운 나뭇결이라며 실린 사진은 그저 크고 네모난 검은 얼룩으로만 보인다. 나바로가 직접 그린 그림도 사정은 마찬가지여서 번진 잉크 때문에 점선과 실선을 구분하기 어렵다. 만약 지금 누군가 나바로의 말대로 이 책에 실린 사진과 그림을 보며 기타를 만들려 한다면 안타깝게도 그는 나무를 고르기도 전에 포기하고 말 것이다.

그래도 이 방면의 전문가라면 이 책에 실린 나바로의 제작법을 어떻게든 복원할 수 있지 않을까? 그러나 호지슨에 따르면 그런 일은 이제 불가능하다. 이를테면 나바로는 모두 일곱 가지의 접착제를 직접 만들었는데 그중 네 가지에 당시에 피부병 치료제와 강장제로 널리 사용된 헤네시 크림을 주원료의 하나로 사용했다. 헤네시 크림의 제조사는 존슨앤드존슨에 합병됐고 현재 헤네시 크림의 제조법은 남아 있지 않다. 게다가 나바로가 재료를 구하기 위해 찾았던 숲은 댐 공사로 현재는 호수가 돼 있다. 비슷한 나무, 비슷한 재료로 나바로의 제작법을 흉내 낼 수는 있지만 이제 누구도 나바로와 똑같은 방식으로는 기타를 만들 수 없다.

호지슨의 해설에 따르면 제프 나바로는 실제로 자신의 작업실에서 가정용 공구만을 사용해 직접 기타를 만들었다. 그가 사용한 기성품이라고는 줄감개와 줄뿐이었다. 책에 실린 것은 전부 그의 작업법이었다. 나바로는 이런 식으로 한 달에 5, 6대의 기타를 만들었는데 그가 만든 기타는 주로 소규모 악기상, 수집가, 혹은 특이한 악기를 수집해 커스터마이징하는 공방에 팔려 나갔다. 호지슨은 롤링 스톤스의 키스 리차즈가 「As Tears Go By」를 녹음할 때 제프 나바로의 기타를 사용했다고 주장한다.

1907년에 태어난 제프 나바로는 대공황의 시기에 집안 대대로 물려받은 숲으로 들어가 오두막을 짓고는 죽을 때까지 그곳에서 혼자 살았다. 개조차 기르지 않았다. 그는 날품을 팔거나 낚시, 사냥을 했고 오두막 옆에 밭을 만들어 감자를 심기도 했다. 그에게는 늘 생필품을 살 약간의 돈이 있었는데 그 돈이 어디서 나오는지는 아무도 알지 못했다. 나바로는 부랑자와 같은 삶을 살았다. 옷은 거의 해지고 피부에는 상처와 부스럼이 끊이지 않았다. 그 시대의 흔한 부랑자와의 차이라면 그에게는 오두막이 있다는 것뿐이었다. 누군가 오두막에 접근하면 그는 사냥총을 쐈다. 그러다 어느 날 그가 오두막 옆에 헛간을 짓고 거기서 기타를 만들고 있다는 소문이 들려오기 시작했다.

여기에는 몇 가지 전설이 있다. 한 이야기에서 그는 어느 날 밤 교차로에서 덩치가 큰 흑인을 만났다. 흑인은 나바로에게 기타를 만드는 법을 가르쳐줬는데 그 대가로 요구한 것은 나바로의 영혼이었다. 나바로는 기타 제작법과 자신의 영혼을 바꿨다. 이 이야기는 블루스 기타리스트 로버트 존슨의 전설을 떠올리게 한다. 또다른 이야기에서 나바로가 첫 번째로 만든 기타는 스스로 주인을 찾아갔는데 그것이 바로 로버트 존슨이었고 그걸 연주한 존슨은 그날 밤부터 앓기 시작해서 3주 뒤 죽었다. 이 두 가지를 종합해서 사람들이 만들어낸 이야기는 다음과 같다. 존슨은 악마와의 약속을 어기고 영혼을 넘기지 않으려 했다. 화가 난 악마는 간교한 속임수를 생각해냈다. 그래서 나바로를 유혹해 저주가 깃든 기타를 만들게 했다. 존슨은 이 기타를 연주하고 결국 죽어서 악마의 손에 떨어졌다.

그의 삶이 그랬던 것처럼 죽음도 전설적이었다.

눈이 녹았는데도 나바로가 모습을 보이지 않자 마을 사람들 몇몇이 총에 맞을 위험을 감수하고 그를 찾아갔다. 1968년 봄이었다. 시체는 작업실로 쓰던 헛간에 누워 있었다. 작업실 바닥에는 클램프와 기타 줄, 줄감개, 망치 머리 등이 여기저기 흩어져 있었다. 그 외에는 아무것도 없었다. 여인의 몸을 닮은 상판도, 단단하고 아름답게 휜 넥도, 정교하게 조각된 헤드도 없었다. 나바로가 자신의 손님들에게 한 권씩 나눠줬던 『손으로 만드는 기타』도 보이지 않았다. 심지어는 작업대와 의자도 없었다. 말하자면 불에탈 수 있는 것은 모두 사라졌다. 과연 난로 속을 조사해보니 연장과 부품 조각이 발견됐다. 사람들은 처음에는 나바로가 추위 때문에 기타를 만들 재료와 책, 그리고 끝내는 연장까지 모두 불태우고 마침내 얼어 죽었다고 생각했다. 그러나 곧 그 생각이 틀렸다는 걸알게 됐다. 헛간의 뒷문 바로 앞에는 겨울 동안에 쓰고도 남을 만큼의 장작이 쌓여 있었다. 사람들은 그의 죽음의 이유가 광기라는데 합의했다. 평생 사람들과 떨어져 기타만을 만들며 살아가던 사람이 어느 날 추위와 고독 속에서 자신을 죽음으로 몰고 가는 것에그보다 더 타당한 이유가 있어 보이지는 않았다.

전설은 그의 죽음에도 따라붙는다. 악마는 자기가 받을 것을결코 잊지 않는다는 것. 악마는 나바로를 찾아왔고 이제 더 이상 악마를 물리칠 수 없던 나바로는 오래전 악마에게 받은 것들을 다시 고스란히 돌려줘야 했다. 악마는 그것들을 모두 불태워 지옥으로 보내고 마지막으로 나바로의 영혼을 함께 거둬 갔다. 사람들은 나바로의 죽음 이후로 그가 만든 기타들이 더 이상 예전과 같은 소리를 내지 않게 됐다고 말한다. 그리고 그가 쓴 책 역시 잉크가 번져 시간이 갈수록 알아볼 수 없게 돼가고 있다. 결국 악마가 승리한 셈이다.

공空의 책 *Libre de Kong*

마티외 볼라르Mathieu Bolard, 파리: 볼라레쉬Bolarches, 1979

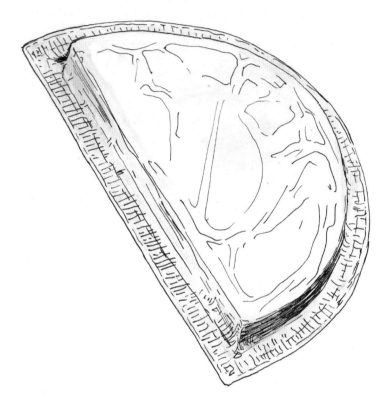

VK가 이 책을 기증할 때 책은 비닐로 포장돼 있었다. 그리고 지금도 이 책은 여전히 비닐로 포장된 채다. 나는 이 책을 읽어보지 않았고 읽어보려 하지도 않았다. 아래에 옮겨 적은 VK의 설명을 읽는다면 누구든 나와 같은 행동을 할 것이다. 이 책은 읽을 수 없다.

우선 책의 외형을 보라.

이 책은 긴 변이 21센티미터인 500여 페이지의 낱장을 사철 방식으로 제본하고 하드보드지로 장정한 양장본이다.

위의 기술은 틀리지 않았지만 그렇다고 충분하지도 않다. 사실 이 500여 페이지는 대략 250장의 아무것도 인쇄되지 않은 백지이다. 표제지와 약표제지는 물론이고 심지어는 표지와 간기마저 빠져 있다(고 알려져 있다). 이 책은 책 'book'이라기보다는 공책 'notebook'에 가깝다. (동양의 어느 나라에서는 공책을 空冊, 즉 '빈 책' 'blank note'라고 쓰는 걸 알고 있는가?) '대략' 250장이라는 표현에 또한 유의해야 한다. 알려진 바에 따르면 이 책은 모두 500부가 발행됐는데 낱장의 수는 적게는 240장에서 260장까지 일정하지 않다.

이 책을 공책이 아니라 책이라 부를 수 있다면 그건 이 책이 전통적인 의미의 책에서 먼 것보다 더 전통적인 의미의 공책에서 멀기 때문일 것이다. '긴 변이 21센티미터'인 이 책의 낱장에는 다른 변이 없는데 그건 이 책이 반원형이기 때문이다. 그러므로 긴 변이라는 건 이 반원의 지름에 해당하는 길이다. 책은 어느 면을 펴도 끝까지 펼쳐져 완전한 원을 만든다(그건 실제로 해보지 않아도 알 수 있다).

이 책이 공책이 될 수 없는 이유가 한 가지 더 있는데 그건 본문지의 특성 때문이다. 아무도 성분을 알아내지 못한 이 종이는 너무나도 얇고 물러서 펜, 연필, 붓 혹은 그 무엇으로도 그 위에 쓸모 있는 흔적을 남길 수 없다. 즉 그것은 공책으로서의 효용을 스스로 거부했기 때문에 형태상 책으로 분류될 수밖에 없다.

볼라레쉬 출판사는 이 우스꽝스러운 책을 현대의 출판사가 도색 잡지나 디자인 서적에 대해 그러는 것처럼 투명 아세테이트로 밀봉한 채 유통했다. 책의 파손을 막기 위한 조치였는데 그건 전적으로 타당한 것이었다. 아세테이트를 개봉하고 본문에, 즉 활자와 내용과 의미의 '아무것도 없음'에 경악한 고객이 화를 낼까 항의할까 웃어넘길까 망설이는 바로 그 순간부터 본문지의 열화와 산패는 시작해 재빠르게 진행됐다. 1년쯤 뒤 몇몇 독자는 책이 부서지고 있다는 걸 알아차렸고 다시 1년쯤 뒤 또 몇몇 독자는 책의 부식을 막을 수 있는 방법이 없다는 걸 인정했고 다시 1년쯤 뒤 다수의 책은 쓰레기통으로 들어갔다. 누군가 수년 뒤에 책장에 꽂힌 이 책을 우연히 발견하고 책장에서 꺼내다 먼지 세례를 받은 뒤 본문지가 사라진 텅 빈 표지를 든 채 망연자실했다는 소문도 있고 수년간 책상 위에 놓인 채 잊혔던 책의 표지를 어느 날 문득 열어봤더니 바로 그 순간 본문지가 구석부터 조금씩, 그리고 조금씩 넓어지며, 마치 모래처럼 무너졌다는 이야기도 있다.

『공의 책』이 전통적인 의미의 책이 아닌 것처럼 마티외 볼라르는 전통적인 의미의 저자가 아니었고 볼라레쉬 역시 전통적인 의미의 출판사가 아니었다. 출판업 등록을 하기 전에 볼라레쉬는 종이를 만드는 공방이었고 볼라르는 몇 명의 도제를 거느린 수석 장인이었다. 볼라레쉬를 설립한 것은 마티외의 할아버지인 피에르 볼라르였다. 마티외는 아버지 마르탱에 이어 3대째 공방을 이어오고 있었다.

1979년에 이 책을 펴냈을 때 마티외 볼라르는 68세였고 약해진 시력과 백내장 때문에 앞이 거의 보이지 않았다. 눈이 잘 보이지 않은 것이 그가 백지 상태로 책을 낸 이유였을까. 그렇지 않았다. 그는 평생 제대로 된 교육을 받지 못했으며 죽을 때까지 문맹이었다. 2차 대전에 보병으로 참전했다 포로 생활을 한 것을 제외하면 그의 삶은 오로지 공방에 속해 있었다. 그는 결혼도 하지 않았고 자식도 갖지 않았다.

그가 왜 만년에 이르러 이와 같은 기괴한 '물건'을 만들었는지는 여전히 의문이다. 그의 수석 도제였으며 볼라레쉬라는 이름으로 출판업을 등록하고 아세테이트로 책을 진공 포장하겠다는 발상을 떠올리고 그걸 실천한 에당 페리에—그는 마티외 볼라르가 죽기 전해에 그의 양자가 되며 공방을 상속받았다—에 따르면 마티외 볼라르는 언젠가 이 책의 주제가 시간이라고 말한 적이 있다.

"마티외는 시간이 둥글다고 말했습니다. 어쩌면 그건 시간이 아니라 그저 시계에 대한 관념이었을지도 모르겠다고 저는 생각합니다. 하긴 그 당시에는 모든 시계가 원형이었죠. 공방에 걸려 있던 시계도 원형, 손목시계도 원형, 심지어 그가 할아버지의 유품이라며 보여준

시계도 원형이었습니다. 그 책을 펴면 완전한 원형이 됩니다. 상상력을 발휘해봅시다. 아주 얇은, 부서지기 쉬운 종이를 한 장씩 넘기는 감각을. 시간이 넘어가고, 다시 시간이 나타납니다. 아주 얇은 시간이 차곡차곡 쌓이는 겁니다. 아무 소리도 나지 않죠. 종이가 너무 얇으니까요. 거기에 다른 감각은 없습니다. 오직 시간만이 흘러가고 있는 겁니다. 전쟁도 혼란도 눈물도 환희도 분노도 상처도, 아무것도 없습니다. 거기엔 신도 인간도 없습니다. 완전히 텅 빈 세계가 거기에 있습니다. 그러고는 마침내 시간의 끝이 도래하는 거죠."

마티외는 자신의 양자에게도 본문지의 제조법을 알려주지 않았다. 수년간의 노력에도 불구하고 에당 페리에를 비롯한 다수의 종이 장인이 그 분명한 비실용성에도 불구하고 필멸을 향해 가속하는 이 수수께끼의 종이를 복원하기 위해 도전했지만 누구도 성공하지 못했다.

어쩌면 당신 앞에 놓인 이 책은 이 세상에 단 한 권 남은 『공의 책』일지도 모른다. 일찍이 마티외 볼라르가 만들었던 그 모습 그대로, 처음 세상에 내놓았던 그 모습 그대로 아세테이트에 밀봉된 채. 그리고 그 안에 밀봉된 것은 아무짝에도 쓸모없는 책인 동시에 마티외 볼라르라는 한 기괴한 사람이 품었던 시간의 관념, 그리고 그가 어떤 이유에선가 봉인해둔 시간이기도 하다.

하향 나선 *Downward Spiral*

호프만 홉킨스Hoffman Hopkins, 글렌도 WY: 아르고Argo, 1981

호프만 홉킨스가 일기를 쓰기로 마음먹은 건 22세의 어느 날이었다. 그 전까지 그는 학교의 작문 숙제를 제외하고는 한 번도 글을 써본 적이 없는 사람이었다. 그는 첫날 일기에 더 좋은 사람이 되기 위해 세 가지를 하겠다고 적어놓았다. 책을 많이 읽을 것. 생각을 많이 할 것. 일기를 빼먹지 말고 쓸 것. 그런데 왜 갑자기 더 좋은 사람이 되어야겠다고 생각했는지, 더 좋은 사람이 되는 데 왜 꼭 그런 일들을 해야 하는지에 대해서는 쓰지 않았다. 이후의 일기를 읽어보면 세 가지 다짐 중 첫 번째는 거의 지켜지지 않았고 두 번째는 부분적으로만 지켜졌다는 것을 알 수 있다. 제대로 지킨 것은 마지막 다짐뿐이다.

그의 일기문에는 그 나이에 흔히 보이는 과장이나 도취, 연민 따위는 찾아볼 수 없다. 그의 문장은 소박하고 단조로우며 소재역시 지루할 정도로 사소한 매일의 일상이 전부다. 반성과 사유역시 근시안적이어서 더 좋은 사람이 되기 위해 얼마나 노력했는가, 얼마나 많은 생각을 했는가에 집중돼 있다. 그런데 어느 순간부터인가 정말로 사변적인 내용이 늘어나기 시작한다. 그의 의식이 집중된 곳은 바로 일기를 쓰는 자신의 행위다. 그는 일기를 쓰는 순간의 자신의 마음과 정신의 활동, 일기를 쓰는 육체의 활동에 대해 썼다. 조금 인색하게 평가해보자면 홉킨스는 일기를 쓰는 순간에야 생각을 많이 하겠다는 자신의 두 번째 다짐을 되새겼고, 그래서 그 순간 생각할 수 있는 가장 최선의 것을 떠올리다 자연스레 자신이 쓰는 일기와 일기를 쓰는 자신에 생각이 미쳤다. 생각을 많이 하겠다는 다짐이 부분적으로만 지켜졌다는 건 그런 의미에서다.

홉킨스가 보기에 일기는 자기 자신에게 말을 거는 행위였다. 그건 생각하면 할수록 이상한 일이었다. 어떻게 사람이 자신에게 말을 걸 수 있단 말인가. 거울을 보며 말하지 않고서야. 하지만 거울 속의 자신은 말하는 자신이 아니던가. 그렇다면 자신에게 말을 걸기 위해서는 말하는 자신과 듣는 자신이 분리될 수밖에 없다. 그는 자신이 점차 분열한다고 느꼈다. 쓰는 자신과 읽는 자신으로, 거기에 하나 더, 일기 속의 자신이 있었다. 그는 그 셋 중 진짜 자신이 누구인지, 자신이 그 셋 중 누구인지 생각하기 시작했다. 그는 거울을 보면서 말하기, 혼잣말하기, 자신에게 편지 쓰기 등 자신이 분열되는 상황을 여러 가지 시험해보고 그것들을 할 때 생각나거나 느낀 점을 일기에 꼼꼼하게 적었다. 그는 자신을 쓰는 자신Iw(I who writes)과 읽는 자신Ir(I who reads), 일기 속의 자신Id(I who is in diary)으로 나눠서 불렀다. 일기는 세 자아가 만나서 반목하고 화해하는 장이었다. 어느 순간부터 일기는 온통 그 내용으로만 채워졌다. 일기에 관한 생각이 서서히 그와 그의 일상을 지배하기 시작했다.

어쩌면 홉킨스는 정신분석에서 명성을 쌓았을 수도 있었다. 아니면 깨달음을 얻어 종교 지도자가 되거나 독특한 글을 쓰는 작가가 됐을 수도 있었다. 그도 아니라면 젊음의 한때 어떤 독특한 생각에 깊이 잠겼던 평범한 사람이 됐을 수도 있었다. 단지 일기에서 빠져나올 수만 있었다면. 홉킨스 자신도 그러기를 바랐을지도 모른다. 그러나 그는 자신이 파놓은 함정에서 빠져나올 수 있는 그런 사람이 아니었다.

그의 세 자아는 일기 속에서 서로 분리됐다가 융합했다. 자아들은 가면을 바꿔 쓰며 서로 역할을 바꿨다가 원래대로 돌아가거나 돌아가지 못하거나 했다. 이를테면 홉킨스는 일기 속에서 말하는 자신Iw이 내일의 일기 속의 자신Id이며 자신Iw이 말하는 대상이 듣는 자신Ir인 동시에 일기 속의 자신Id일지 모른다고 생각했다. 자신Ir은 자신Iw을 감시하고 있으며 감시받는 한 자신Iw은 자신Ir이며 자신Id은 자신Iw이 자신Ir의 눈을 피해 세운 꼭두각시라고도 생각했다. 그래서 자신Ir은 살해당해야 했으며 이는 자신Iw 모르게, 자신Id에 의해 행해져야 했다. 그러나 자신Id은 늘 자신Ir의 감시를 받고 있으므로 자신Id을 자신Ir으로 가정해야 했다……. 무리한 사유 때문이든 술이나 약물의 영향 때문이든 일기는 어느 시점부터 착란의 징후를 보이기 시작한다. 그는 자신의 일기를 꼼꼼하게 재독하면서 주를 달고 거기에 다시 각주를 달았다. 그는 자신이 미쳐가는 것을 알고 있었고 그 원인이 일기라는 것도 알고 있었지만 그걸 멈출 수 없다는 것 또한 알고 있었다. 일기의 마지막 한 달에서 그는 극단적인 논리 전개와 지리멸렬, 절망과 환희, 혹은 거의 정적을 떠올리게 하는 감정적 평형을 정신없이 오간다. 일기는 아무 조짐도 없이 덜커덕 끝나버린다.

그 뒤 호프만 홉킨스가 어떻게 됐는지는 아무도 모른다. 정신병원에 입원해서 그곳에서 죽었다고도 하고 행려병자가 돼 사회의 변두리에서 누구의 눈에도 띄지 않은 채 살았다고도 하고 아무도 모르는 곳에 가서 자살했다고도 하고 다른 도시에 가서 감쪽같이 새로운 삶을 시작했다고도 한다. 어쨌든 그는 사라져버렸고 남아 있는 것이라고는 그의 일기가 전부다.

작가의 불가사의한 행적을 근거로 VK는 호프만 홉킨스가 가공인물이며 그의 일기가 누군가 필명으로 발표한 소설일 거라고 짐작했다. 나 역시 그의 의견에 동의한다. 확실히 이 책에는 실제 일기라고 보기에는 설정과 전개에서 부자연스러운 부분이 있다. 또 소설이 아니라면 한 실종자의 일기가 출간될 만한 가치가 있는지도 의심스럽다. 그러나 실화든 소설이든 이 책이 독자를 오싹하게 만드는 것만은 사실이다. 홉킨스가 헤어 나올 수 없는 광기와 공포로 빠지게 되는 세세한 과정도 그렇지만, 그를 미치게 만든 것이 바로 우리가 읽은 이 책이라는 점을 생각하면 더욱 그렇다. 한 권의 책을 읽는 건 작가의 사유의 과정을 따라가는 행위이다. 홉킨스의 글을 따라가는 동안 독자는 그의 사유를 반복할 수밖에 없다. 마지막 문장이 끝난 곳에서 독자는 홉킨스가 광기와 파탄에 이르렀던 자리에 자신이 와 있다는 걸 알아차린다. 그리고 그곳에서 마주치는 것은 읽는 자신, 호프만의 분열된 자아를 차례로 거친 자신

Iw, 책을 덮은 뒤 원래의 자신Ir으로 돌아갈 수 있을지 혼란스러워
하는 자신Id이다.

보이지 않는 달 *The Invisible Moon*

무어 칼튼Moore Carlton, 뉴욕 NY: 마일스톤Milestone, 1975

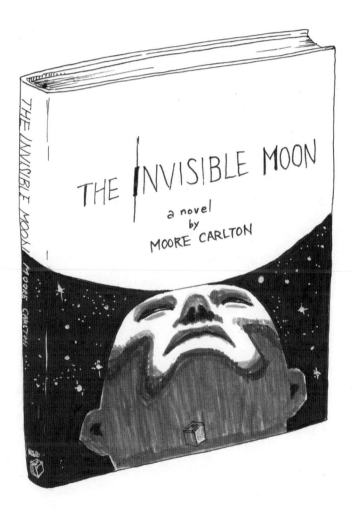

22세기. 상호 불가침 구역인 달에는 인간 병기 공장이 들어서 있다. 이곳에서 만들어진 인간 병기들은 배양과 성장이 끝난 뒤 지구 곳곳에서 벌어지는 전쟁에 투입된다.

주인공 조니 맥스웰은 달에 위치한 거대한 다국적 전쟁 기업의 연구소에서 일하는 연구원이다. 이곳의 배양조에는 복제된 난자에 정자를 수정해서 만든 남녀 복제 인간들이 자라고 있다. 성장이 끝난 복제 인간은 본격적인 군사 훈련을 받고 지구로 가는 전투선에 오른다. 그중 일부는 지구에 발도 딛지 못하고 대기권에서 격추된다.

공장의 설비 결함을 상관에게 보고한 조니는 상관이 자신의 실수를 감추기 위해 배양체를 폐기하려 하는 걸 막다가 실수로 그를 죽이고 만다. 달 상공회의소는 맥스웰에게 80년의 강제 노동형과 3년의 군 복무 중 하나를 선택할 기회를 준다. 군 복무를 선택한 조니는 복제 인간들과 함께 군사 훈련을 받는다. 옛 동료였던 연구원들이 조니를 낙오자로 부르며 학대하는 반면 복제 인간들은 조니를 동료로 받아들인다. 조니의 부대가 탄 전투선이 지구의 전투에 투입되기 위해 달을 떠나면서 1부가 끝난다.

2부는 치열한 전투 장면으로 시작한다. 조니의 부대는 지뢰지대에 가까스로 착륙하지만 탈출하는 과정에서 소수만을 남기고 나머지는 전사한다. 지휘권을 넘겨받은 조니는 남은 부대원을 이끌고 작전을 성공시킨다. 전투가 계속될수록 조니는 활약을 거듭한다. 그는 군의 영웅으로 떠오르지만 전쟁을 혐오하는 마음은 더욱 깊어간다. 병기 공장에서부터 함께했던 전우가 인간 장교의 무책임한 작전에 의해 전사하자 그의 혐오는 극에 달한다. 무공을 인정받은 그는 예정보다 빨리 복무에서 해제된다. 그는 달의 공장으로 복귀하는 대신 대규모 포격이 예정된 들판에 누워 달을 올려다본다.

무어 칼튼은 대학에서 인류학을 전공하던 중 징집돼 베트남전에 참전했다. 전투공병으로 근무하던 그는 지뢰 제거 작업 중 파편이 허벅지에 박히는 부상을 입고 오랫동안 입원 치료를 받아야 했다.『보이지 않는 달』은 그가 병원에서 치료받는 동안 쓴 소설이다.

칼튼의 소설이 전면에 내세우는 건 복제 인간의 인권 문제와 반전의 메시지다. 경멸적인 의미를 담아 '카피'라고 불리는 복제 인간은 어떤 권리도 인정받지 못한 채 전쟁 기계로 살다가 죽음을 맞는다. 이들에게는 죽어도 자신을 기억해줄 사람이 없고 전쟁에서 이겨도 돌아갈 곳이 없다. 명령을 수행하다 죽는 것이 이들에게는 당연한 일이다. 그러므로 복제 인간에게는 살아남으려는 의지도 죽음에 대한 공포도 없다. 끝없이 만들어지는 복제 인간들은 이전 세대를 바로 대체하고, 다음에 올 세대에게 곧 대체당한다.

서류상의 기호와 숫자만으로 이름 매겨진 채 인간들의 대리 전쟁에 투입되는 복제 인간은 국가가 치르는 전쟁터에 내몰려 하나뿐인 생명을 내놓아야 하는 개인을 상징한다. 전쟁을 치르는 국가—국가의 이름으로 힘을 휘두르는 권력자들—에게 국민은 소모품에 지나지 않는다. 베트남전을 원한 것은 국민이 아니라 권력자들이었다. 그리고 그 전쟁을 수행하느라 목숨을 잃은 건 국민들이었다. 국가는 이들에게 군복을 입히고 총을 쥐여주고 자신들의 전쟁을 대신 수행하게 했다. 소설의 마지막에서 조니는 군인과 연구원의 경력을 포기하고 죽음을 택한다. 그가 누운 벌판에는 조니가 제공한 거짓 정보로 곧 양쪽 진영의 모든 화력이 집중된 사상 최대 규모의 포격이 행해질 예정이다. 그리고 그 작전은 오직 조니 단 한 사람의 목숨만 가져갈 터였다. 달에까지도 보일 이 포격을 통해 조니는 전쟁의 무의미함과 우스꽝스러움을 세계가 목격하기를 원했다.

인상 깊은 것은 전투 장면의 강렬한 묘사다. 공중 기뢰, 컴퓨터 지뢰, 지효성 발작 가스, 플레임 빔, 강습상륙정 등 가공의 무기가 등장하지만 전쟁을 직접 수행하는 것은 피와 살로 이루어진 몸뚱이를 가진 군인들이다. 이들이 전투를 치르는 장면은 아무런 여과 없이 그대로 그려진다. 군인들은 전투 중에 총알이나 파편, 포탄에 머리나 사지를 잃거나 관통당한다. 경미한 부상자는 그대로 전투에 복귀하고 심각한 부상자는 총 한 자루와 함께 그 자리에 남겨진다. 남은 병사는 총알이 떨어질 때까지 싸우다 적에게 둘러싸여 난도질당한다. 병사들은 땅굴 속에서 불길에 휩쓸리거나 함정에 떨어져 온몸을 꿰뚫는다. 이들은 적의 기관포 벙커를 파괴하기 위해, 탱크를 저지하기 위해, 헬리슈트를 향해 로켓을 날리기 위해, 지뢰지대를 개척해 아군 기갑부대의 진로를 확보하기 위해 몸을 던진다. 어느 싸움터든 사지가 떨어져 나간 시체들로 가득하다.

가스와 약물은 이 전쟁의 중요한 도구다. 성장 촉진제의 부작용을 억제하기 위한 용도로 병사들에게 투약되는 약은 사실은 전투 능력을 향상시키고 살상 욕구를 증진시키기 위한 충동 증강제다. 약에 취한 병사들은 무차별적으로 살상을 저지르고 시설을 파괴하고 민간인을 살해하고 여자와 아이와 시체를 강간한다. 그리고 쓸모없어진 부대는 과량의 약을 복용해 서로를 죽이고 마지막 남은 한 명은 자폭한다.

참혹한 전장과 약에 취한 병사들의 모습은 베트남 전쟁의 풍경 그대로다. 소설은 사건의 서술 없이 오직 전장의 묘사만으로도 전쟁에 대한 즉각적인 혐오와 강한 분노를 불러일으킨다. 그건 작가 자신의 몸과 영혼에 깊이 새겨진 경험이 주는 힘일 것이다.

이 소설은 무어 칼튼이 쓴 처음이자 마지막 소설이다. 칼튼은 치료를 마친 뒤 제대를 앞두고 술집에 갔다가 미군이 드나드는 술집을 노린 베트콩의 폭탄 테러로 그 자리에서 사망했다.

머피에 대해

도서관은 누구에게나 열린 곳이다. 누구든 책을 읽으려고 찾아오는 사람을 도서관은 막을 수 없다. 독재자도 살인자도 강간범도 사기꾼도 도서관에서는 방해를 받지 않고 혼자 조용히 책을 읽을 수 있다. 그가 더럽고 냄새나는 노숙자라도 마찬가지다.

머피는 공원에서 산다. 점심을 먹으러 가다 보면 종종 벤치나 나무 그늘 밑에 누워서 자고 있는 그와 마주친다. 때로는 공원의 수돗가에서 머리를 감거나 옷을 빨고 있는 그를 보기도 한다. 사람들은 그의 텐트가 쓰레기장 근처의 다리 아래 있다고 말한다. 그는 아침이면 자신의 살림살이를 실은 카트를 끌고 공원에 왔다가 밤이면 다리 아래로 돌아간다.

머피가 도서관에 오는 건 대개 날씨가 안 좋은 날로 정해져 있다. 너무 덥거나 너무 추운 날, 바람이 부는 날, 비가 오는 날 등등.

그는 카트를 누가 훔쳐갈까 봐서인지 뒷문의 어닝 밑에 세워놓고 도서관을 반 바퀴 돌아 앞문으로 들어온다. 머피는 우선 시선으로 자신이 왔다는 걸 알린다. 초대받지 못했고 환영받지 못할 걸 알지만 감히 자신을 내칠 수 있겠느냐고 주장하는 눈빛이다. 그건 어쩌면 자신을 쏘아보는 시선에 대한 방어인지도 모르겠다.

머피는 사람들이 자신을 좋아하지 않는다는 걸 안다. 그래서 그는 E 열람실의 계단을 통해 지하로 내려간다. 지하에는 그가 좋아하는 구석 자리가 있다. 그는 외투를 벗어서 바닥에 깐 뒤 근처의 서가에서 아무 책이나 하나 꺼내 들고 와서는 벽에 기대앉는다. 그리고 어디선가 흰 장갑을 꺼내 양손에 끼고는 책을 읽기 시작한다. 그가 책을 읽을 때 흰 장갑을 끼는 건 언젠가 내가 책을 읽으려거든 손을 깨끗이 씻어야 한다고 말한 뒤부터다. 그의 흰 장갑은 어쩌면 항의의 표시인지도 모른다.

머피가 머무는 곳의 서가에는 기증자들의 사가본이 많이 꽂혀 있다. 그곳의 책들은 주제가 제각각이라 그가 그중 어떤 책을 주로 읽는지는 알 수 없다. 그리고 그가 과연 책을 읽기나 하는지도 의문이다. 마음을 단단히 먹고 그 자리에 가보면—왜냐면 그가 조금이라도 머물면 주위에 냄새가 퍼지기 때문이다—그는 외투를 뭉쳐 머리 밑에 괸 채 모로 누워 잠들어 있거나 이제 막 깨어나 졸린 눈으로 책을 펼치고 있다.

머피를 가장 불편해하는 건 바로 윌킨스 부인이다. 그가 도서관에 왔다는 걸 알게 된 순간 윌킨스 부인의 표정이 굳는다. 윌킨스 씨와 나는 머피가 왔다는 사실보다 윌킨스 부인의 신경이 날카로워졌다는 사실에 더 긴장한다. 윌킨스 부인은 당장이라도 울음을 터뜨리려는 사람처럼 떨리는 얼굴로 청소 도구를 챙기러 간다. 그녀는 그 상태로 도서관 안을 몇 시간이나 돌아다니다가 머피가 돌아가면 머피가 머물렀던 곳, 그가 만진 것들을 청소하기 시작한다. 한번은 윌킨스 씨가 머피가 도서관에 오지 못하도록 해줄 수 없겠느냐고 말한 적이 있다. 그래서 나는 나 역시도 그가 도서관에 오는 게 불편하지만 도서관은 누구에게나 열린 곳이기 때문에 우리에게는 그를 막을 권리가 없다고 말했다. 그러자 윌킨스 씨는 자기도 그 사실을 알고 있지만 그저 아내를 위해 뭔가 말하지 않을 수 없었다고 했다.

그래서 나 역시 머피에게 도서관에 오지 않을 수는 없겠느냐고, 도서관이 모두에게 열린 곳인 건 사실이지만 나를 비롯해 이곳에서 일하는 사람들과 다른 도서관 이용자 모두를 위해 이렇게 말할 수밖에 없다고 말해봤다. 머피는 내 말에 아무 대답도 하지 않고 그저 계속 책을 읽는 척했다. 어떻게 해야 할지 몰라 가만있는데 잠시 뒤 그가 입을 열어 이 책을 조금만 더 읽고 비가 그치거든 나가겠다고 말했다. 머피의 목소리를 들은 건 그때가 처음이었는데 거칠게 닳은 외모와는 달리 부드럽고 여유 넘치는 목소리여서 속으로 조금 놀랐다.

내가 다시 내 책상으로 돌아오자 윌킨스 부인이 지하에 머피 말고 다른 사람이 있느냐고 물었다. 머피 혼자 있다고 대답하자 그녀는 고개를 갸웃거렸다. 한참 있다가 머피가 올라와 내게 그동안 이곳에서 쉬면서 좋은 책을 읽게 해줘서 고맙다고 말했다. 마침 옆에 있던 윌킨스 부인에게는 그럴 생각은 없었지만 자신 때문에 도서관이 더러워졌다면 미안하다고 말했다. 머피가 말을 하는 동안 부인은 떨리는 손으로 입을 가렸는데 평소의 몇 배나 더 긴장하고 있어서 오늘에야말로 부인이 폭발하려나 보다 싶었다. 그때 윌킨스 씨가 다가와서 머피에게 혹시 밥 호프가 아니냐고 물었다. 머피는 그저 조용히 웃고는 대답 없이 도서관을 떠났다. 그 이름을 듣자 생각나는 것이 있었다.

내가 어릴 적에 '꿈꾸는 호펜타운Hoffentown Dreamin''이라는 라디오 프로그램이 있었다. 오후에 식탁에 앉아서 간식을 먹다 보면 익숙한 시그널 음악이 흘러나오고 곧이어 '꿈결같이 아름다운 오후입니다. 여기는 꿈꾸는 호펜타운, 저는 밥 호프입니다' 하는 구성진 목소리가 들려왔다. 꿈결같이 아름다운 오후라는 말은 가끔 바뀌었는데 지금도 어느 날 들었던 호수처럼 조용한 오후라는 말이 생각난다. 밥 호프는 노래 사이마다 호펜타운에서 일어난 일들을 익살스럽게 전했다. 자동차가 굴렀지만 아무도 다치지 않았다거나 사흘 연속 서리가 내렸다거나 특별 열차가 지나갈 거라거나 하는 소식들. 그의 목소리로 듣는 호펜타운은 모든 게 평화롭고 슬

폰 일은 아무것도 일어나지 않는 곳 같았다. 그래서 그 프로그램의 제목이 '꿈꾸는 호펜타운'이었던 건지도 모르겠다. 누구도 불행해지지 않는 꿈.

나는 어느 날 점심을 먹으러 가다가 윌킨스 씨와 윌킨스 부인이 공원에서 머피와 이야기하고 있는 것을 보았다. 그들이 무슨 이야기를 했는지는 모르겠다.

머피는 한동안 도서관에 오지 않다가 어느 비 오는 날 다시 나타났다. 그는 새로운 외투를 입고 있었는데 예전에 윌킨스 씨가 그 외투를 입은 걸 본 것 같았다.

이제 머피는 날씨가 궂은 날에 더해 목요일마다 도서관에 찾아온다. 그는 점심시간이 돼 사람들이 도서관을 떠나면 지하에 있는 화장실에서 샤워를 한다. 그건 윌킨스 씨와 윌킨스 부인의 배려와 내 묵인하에 일어나는 일이다. 그게 규정에 어긋나는 일인지 어떤지는 잘 모르겠다. 그러나 도서관 화장실에서 샤워를 하지 말라는 법은 없고, 한 사람이 자신의 존엄을 유지하기 위해 뭔가 요구할 때 도서관이 거부할 이유도 없다.

그런데 혹시 우리가 머피를 부당하게 특별 대우하는 것은 아닐까. 그가 과거에 유명한 사람이었기 때문에. LM은 그건 이름 때문이라고 말했다. 이름을 알기 전까지 그는 냄새나는 노숙자에 불과했다. 그러나 이름을 알고 그가 어떤 사람인지 알게 된 순간 더이상은 그를 예전처럼 볼 수 없게 된 것이다. 그는 이제 익명의 노숙자가 아니라 도움을 필요로 하는 한 사람이었다. 그러면 이제 소문을 듣고 더 많은 노숙자가 찾아오면 어떻게 하느냐고 묻자 LM은 책을 읽는 사람이 많아지는 건 좋은 일이 아니냐고 되물었다.

용의 왕 *The King Of The Dragon*

피터 C. 콜더 Peter C. Coulder,

맨스필드 LA: 라이트하우스 프레스 Lighthouse press, 1985

침례교 목사인 피터 콜더는 60년대와 70년대에 남부 지방을 중심으로 순회강연과 부흥회를 열어서 인기를 얻었다. 낙태, 동성애, 마약을 미국의 가정과 신앙을 파괴하는 악마의 씨앗으로 규정하며 맹렬하게 비난하는 라디오 연설로 명성을 얻은 그는 상원과 주정부에서도 후원자를 얻기에 이르렀다. 그가 설립한 '도덕적인 공동체Moral Community' 재단은 막대한 후원금을 운용했으며 자선 사업, 교육 사업, 병원 사업에까지 진출했다.

콜더를 후원하던 상원의원이 스캔들에 휘말려 의원직을 상실한 이후 도덕적인 공동체는 국세청의 집중적인 조사를 받았다. 세무 조사를 통해 밝혀진 바에 따르면 도덕적인 공동체는 지역의 여러 이권에 깊숙하게 개입돼 있었으며 부동산, 채권 등에도 불법적인 투자를 하고 있었다. 결국 콜더는 회계 장부 조작과 공금 횡령으로 벌금형을 선고받았다. 불법 정치 자금 제공 혐의는 증거 불충분으로 무혐의 처리됐다.

잇따른 후원 취소로 인한 재정 고갈과 막대한 소송 비용 때문에 콜더는 도덕적인 공동체를 해체하고 사업을 정리할 수밖에 없었다. 여기에 이혼까지 겹치는 바람에 위자료와 양육비 지급으로 그는 거의 파산 상태였다. 자신이 세운 교회에서 추방당하고 가정과 사업마저 잃은 그에게 남은 거라고는 창고로 쓰던 건물과 그 건물에 세 든 작은 출판사 하나뿐이었다. 라이트하우스 프레스라는 이 작은 출판사는 도덕적인 공동체의 설교집과 간증 수기 등을 간간이 펴낸 바 있었다. 집마저 잃은 콜더는 출판사 건물의 꼭대기 층으로 이사해서 죽을 때까지 그곳에서 살았다.

『용의 왕』은 콜더의 종교와 사상을 정리한 일생의 역작이라고 할 수 있다. 이 책에서 용은 영성과 도덕을 파괴하는 절대악의 군주로 묘사된다. 콜더는 성서와 주석서, 세계의 전설이나 신화, 카리브해 연안과 남부 지역에 널리 퍼진 민간 설화 등을 인용해 바실리스크, 레이워던, 드래곤, 도마뱀 등이 곧 사탄이며 루시퍼라고 주장한다. 그가 수집한 자료는 종교학, 신화학, 인류학, 역사학, 생물학에 이르기까지 방대했다. 그러나 그의 수고로운 노력과 열광적인 주장에도 불구하고, 콜더 자신은 훌륭한 문장가는 아니며 모르긴 몰라도 훌륭한 종교학자 역시 아니었을 것이다. 중언부언과 억지, 비약으로 가득한 문장을 읽다 보면 어느 순간 저자에 대한 존중은 사라지고 점차 그의 정신 건강 상태가 의심스러워지기 시작한다.

콜더는 미국 남부 지방에는 암암리에 악마 숭배가 퍼져 있다고 믿는다. 그것은 동부와 서부에 만연해 있는 강력한 범죄는 비교도 안 될 만큼 사악하고 뿌리 깊은 것이다. 콜더가 두서없이 정리한 용의 왕을 따르는 이들의 교리는 대강 이렇다. 용의 왕은 죽음 너머에 있다. 누구든 용의 왕과 눈이 마주치면 그를 따를 수밖에 없다. 왜냐면 그 순간 용의 왕은 그의 삶 전체와 탄생 이전, 죽음 이후를 모두 볼 수 있기 때문이다. 용의 왕은 끝없이 속삭이는 목소리이고 너의 영혼을 한 번에 찢어버릴 수 있는 큰 발톱이고 네가 만나는 모든 사람의 눈빛이다. 용의 왕은 네가 보는 모든 것을 보고 네가 생각하는 모든 것을 이미 알고 있다. 용의 왕은 힘이고 불꽃이고 생명이기 때문이다. 용의 왕은 너의 모든 것을 원한다. 너는 용의 왕에게 복종하고 그에게 모든 것을 바쳐야 한다. 그러기 위해 너는 가장 큰 희생을 해야 하는데 만약 그러지 않으면 용의 왕은 너를 삼켜 자신의 배 속에서 영원히 불타게 한다.

콜더에 따르면 악마 숭배자들은 어린이나 여자를 죽여서 용의 왕에게 바친다. 콜더는 그 근거라면서 남부 지방을 중심으로 실종된 여자들, 여자아이들의 숫자와 함께 그중 일부의 사진을 싣고 있다. 아울러 그는 악마 숭배자들이 그린 것이라면서 용의 왕의 모습을 공개하기도 했다. 그림 속에서 용의 왕은 웃고 있는 검은 얼굴에 사슴과 같은 뿔이 난 모습이다. 콜더는 그와 같은 얼굴을 자신이 도덕적인 공동체 시절에 운영하던 병원의 수용자였던 정신과 환자들의 상담 기록, 폐쇄된 채 부랑자들의 임시 거처가 된 교회의 벽면에 남은 낙서, 부모로부터 버림받아 보육 시설에서 맡아 기르던 아이들의 학생부 기록 등에서 공통적으로 찾을 수 있었다고 적었다. 그 밖에 콜더가 제시하는 다른 그림들에서는 불타는 사람, 불을 뿜는 용, 몸통이 길고 몸통 옆에 수많은 팔이 달린 사람 등이 등장한다.

덧붙이자면 책을 본 뒤 나와 LM은(그녀는 그림들에 흥미를 보였다)

며칠 잠을 제대로 이루지 못했다. 그 이유가 이 책을 쓴 콜더의 불안한 정신 상태에 대한 동정 때문인지, 정말로 어딘가에 있을지도 모르는 악마 숭배자들에 대한 생각 때문인지, 이 책을 쓴 뒤 콜더에게 혹시 무슨 일인가 일어나지 않았을까 하는 걱정 때문인지, 그게 아니라면 용의 왕이 이 순간 우리를 향해 눈을 돌리면 어쩌나 하는 불안 때문인지는 잘 모르겠다. LM은 이 책에 실린 그림들은 여기에 옮겨 그리지 않는 게 좋겠다고 말했다.

살아 있는 악몽들 Living Nightmares

네일탑 가이튼Nailtop Guyton,
로스앤젤레스 CA: 위드힐 프레스Weedhill Press, 1982

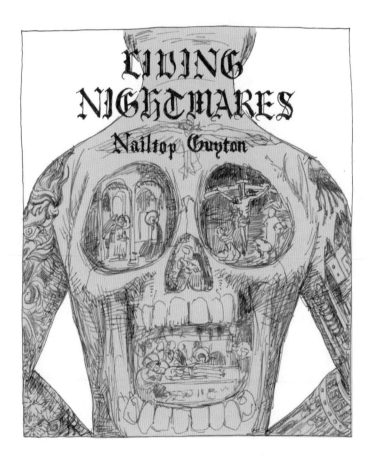

빅터 플래니스 가이튼은 고등학교 때부터 교지에 만화를 그리곤 했다. 그의 첫 직장은 지역 신문사였는데 그는 그곳에서 삽화를 그리는 일을 했다. 신문사에서 4년을 일한 뒤 본격적으로 미술을 공부하기 위해 대학에 진학했지만 약물에 취해 대학 건물에 외설스러운 그림을 그린 뒤 퇴학당했다.

가이튼은 문신가가 되기로 마음먹고 섀넌 '쥬시' 비더미어를 찾아갔다. 5년 동안 쥬시의 조수로 일하며 타투에 관한 모든 기술적인 세부사항을 익힌 그는 로스앤젤레스에 자신의 문신 가게를 열었다. 그는 세밀하고 정확한 문신으로 금방 유명해졌는데 손톱만 한 크기의 얼굴 문신이 특히 인기가 있었다. 이때 붙은 '네일탑'이라는 별명은 그대로 그의 이름이 됐다.

문신가로 어느 정도 성공한 네일탑은 대학에 다시 들어가서 미술사학과 함께 인류학을 전공했다. 그는 수많은 문신 컨벤션에 참가하는 한편 자신의 글을 문신 잡지는 물론 미술을 다루는 여러 매체에 기고했다. 그의 글은 투박했지만 문신에 대한 지식과 애정, 그리고 미술에 대한 지식에 힘입어 점차 지지층과 독자의 수를 늘려갔다. 대중적인 인지도와 함께 사람의 호감을 끄는 능력으로 그의 지지자는 점점 더 늘어났다. 그는 전미문신가협회의 서부지부 회장을 거쳐 몇 해 뒤에는 전국 협회의 회장이 됐다. 그리고 공금횡령 및 약물소지로 수사를 받으며 스스로 회장직에서 물러날 때까지 5회나 더 그 자리에 올랐다. 네일탑은 일부 유죄 판결을 받고 보석으로 석방됐다.

『살아 있는 악몽들』은 네일탑의 회고록인데 글보다는 도판이 더 많은 지면을 차지하고 있다. 도판은 그가 세계를 돌아다니면서 찍은 희귀하고 다양한 문신들, 다양한 전통 문신 기법, 최신 문신 기계, 유명한 문신가의 대표작, 단순하고도 심오한 아름다움을 지닌 독창적인 도안 등으로 이루어져 있다. 어떤 사진들에는 세부 묘사의 정밀함을 강조하기 위해 실제 크기의 확대 사진이 첨부돼 있다. 중간중간 그의 경력과 여전한 권위를 보여주듯 그의 스승이었던 쥬시, 그의 문신가 동료들, 그가 스스로 자신의 대표작이라 여기는 문신을 새긴 모델들과 함께 찍은 사진들이 실려 있다.

권말에는 잡지의 독자 코너나 광고란을 연상케 하는 36페이지의 부록이 붙어 있다. 첫 꼭지는 Q&A인데 문신에 관해 일반인 혹은 문신가들이 궁금해할 만한 질문에 네일탑이 대답하는 형식으로 돼 있다. 두 번째는 각 제조사별 잉크 특성, 사제 잉크의 제조법과 보관법, 잉크 제작 시의 주의사항이 기술돼 있다. 세 번째 꼭지는 네일탑이 실제로 확인하지는 못했지만 소문으로 들은 특이한 문신들에 대한 기록이다. 그것들은 이를테면 어두운 피부에 새기는 흰 문신, 어둠 속에서 빛이 나는 야광 문신, 온도에 따라 색이 변하는 문신, 피부를 따라 이동하는 문신, 목둘레에서 천천히 줄어들어서 결국 사람을 목 졸라 죽이는 문신, 건강이나 감정 상태를 알 수 있게 해주는 문신, 날카로운 무기와 사악한 주문으로부터 몸을 지켜주는 문신, 조금 특별한 신체 부위, 이를테면 귀두나 음핵, 치아나 눈동자에 새기는 문신 등이었다.

이 중 눈에 띄는 것은 성인이 됐을 때 가죽을 벗겨내 책 표지로 만들기 위해 미리 갓난아기의 등과 배에 새기는 문신이다. 다분히 악마적이며 주술적인 이 이야기는 가장 극단적인 형태의 인책동형론人冊同形論의 단서를 보여준다.

영지주의자들은 신은 세계의 비밀을 한 권의 책에 적어놓았다고 믿는다. 이 책의 제목은 곧 신의 이름이기도 하므로 그들은 이 책을 가리킬 때 신의 이름을 부르는 대신에 그저 책이라고 부르거나『세계의 책』즉『리브로 문디』라고 부른다. 이들 중 일부는 『문디』의 이름이 신의 이름이라면 신은 곧『문디』이고 그렇다면 인간이 신의 형상을 따라 만들어졌듯 세계의 모든 책도『문디』의 형상을 따라 지어졌다 여긴다. 그래서 그들은 사람과 책을 같은 존재라고 본다. 그들은 나아가 모든 책이 사람과 마찬가지이며『문디』가 그렇게 특별한 책이라면 역시 하나의 사람인『문디』는 특별한 방식으로 하나의 사람일 것이며 낱장이 모두 사람으로, 곧 피와 살로 이루어져 있을 것이라 주장한다. 이 터무니없는 주장을 엄격하게 해석한 일부 사람들이『문디』를 흉내 내기 위해 그들의 책을 인피로 장정했다는 것은 책의 역사의 어두운 일면이다.

이 책을 빌리지 마라 *Don't Check Out This Book*

케빈 베커 Kevin Becker,

샌프란시스코 CA: 메인저 앤 다운스 Manger & Downs, 1992

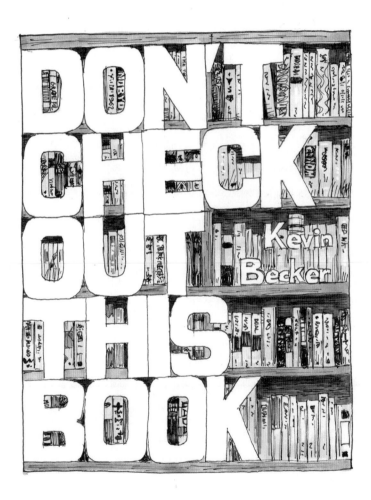

지역 주민을 대상으로 하는 대부분의 도서관은 대중 지향의 교양서를 갖추는 것을 목적으로 하고 있다. 그러므로 아주 전문적이고 지엽적인 분야를 다룬 책만 아니라면 대개의 책은 도서관에서 찾을 수 있다. 도서관은 일정한 예산을 들여 정기적으로 책을 수서하고 전문적인 인력을 동원해 도서를 관리하기 때문에 개인은 장서의 규모와 질에서 도서관과 경쟁하기 어렵다. 이용자는 최근간만 아니라면 어지간한 책은 모두 도서관에서 찾을 수 있다.

이용자 입장에서 볼 때 도서관에서 책을 빌리는 일의 제일 큰 장점은 책을 사지 않고서도 읽을 수 있다는 사실일 것이다. 책을 사지 않으니 비용을 절약할 수 있고 보관할 책장을 마련할 필요도 없고 분류와 관리에 신경을 쓸 필요도 없다. 한 번만 읽고 말 책이나 부분만을 참고해야 하는 책에 굳이 돈을 쓰고 싶지 않은 사람에게 도서관은 책을 잠시 소유하고 이용할 수 있는 훌륭한 대안이다.

사람들이 도서관을 이용하는 또 다른 이유는 도서관에는 개인이 소장하기 어려운 희귀한 자료가 소장돼 있기 때문일 것이다. 유서 깊은 도서관이라면 역사적 가치가 있는 자료, 희귀본, 유일본 등을 소장하고 있고 그런 자료들에 대해 제한적인 범위 내에서 이용을 허용한다. 절판돼서 더 이상 어떤 서점에서도 찾을 수 없는 책도 도서관에서는 찾아볼 수 있다. 현대에는 도서관이 네트워크를 이루고 있어 이용자가 다른 지역 도서관의 책도 쉽게 빌려다 볼 수 있는 것도 도서관을 이용하는 장점이다.

케빈 베커는 자신을 '도서관 이용 전문가'라고 부른다. 그 자신의 기준에 따르면 도서관 이용 전문가가 되려면 도서관이 돌아가는 내부 시스템을 잘 알아야 하고 적어도 30곳 이상의 도서관의 대출 회원이어야 하며 그가 최상급으로 뽑은 전국의 도서관 중에서 세 곳 이상의 특별 회원이어야 한다. 그는 1년의 3개월 이상을 전국의 도서관을 여행하며 보내는데 지금까지 그가 가본 도서관은 모두 500곳 이상이다. 그는 지금도 전국의 새로 생긴 도서관을 찾아다니고 있다(부록에는 그가 방문한 도서관의 목록이 나오는데 우리 도서관의 이름은 없다).

그가 쓴 『이 책을 빌리지 마라』는 그의 체험을 담은 도서관 이용기라고 할 수 있다. 1장에서는 도서관을 이용하는 방법에 대한 개략을 총론 형식으로 실었다. 1장만 읽어도 그가 전국의 도서관 내부 사정에 얼마나 밝은지를 알 수 있는데 책의 유통과 수급에 대해서는 나조차도 참고할 자료가 있을 정도다.

2장부터는 도서관 이용에 대한 단상의 모음으로 여기서 케빈 베커는 자신의 속내를 숨김없이 드러낸다. 도서관을 이용하는 그의 심정은 극과 극을 오간다. 그는 어떤 날은 책을 빌리는 일을 즐기다가 어떤 날은 반대로 끔찍하게 여긴다. 도서관에서 빌린 책을 애지중지하는가 하면 함부로 휘두르기도 하며 자신이 빌리려던 책을 이미 다른 누군가가 빌려 가면 그를 대책 없이 사랑하다가도 곧 차마 입에 담을 수 없는 저주를 퍼붓기도 한다. 책을 기다리면서 희망에 들뜨는가 하면 절망하며 주저앉기도 한다. 재미있어 보이는 책을 잔뜩 빌리면서는 희망에 들떠 있다가 제대로 읽지도 못하고 반납할 때면 무거운 가방 때문에 투덜거리며 다음부터는 꼭 책을 한 권씩만 빌리겠다고 다짐하기도 한다. 날씨가 좋은 날은 도서관에 가는 길을 운동이나 산책으로 여기다가도 비가 오거나 바람이 많이 부는 날엔 지옥에 끌려가는 기분이라며 비통해한다. 책의 상태가 좋으면 좋은 대로 나쁘면 나쁜 대로 그는 사서나 다른 이용자들을 칭찬하기도 하고 증오하기도 한다. 그의 기분에 따라 도서관은 천국이 되기도 하고 감옥이 되기도 한다.

가장 흥미로운 읽을거리는 도서관에서 빌린 책에 대한 양가감정에 관한 장이다. 나중에 다시 읽기 위해 그 부분을 복사해뒀는데 아래에 옮겨보겠다.

도서관에서 빌린 책은 독서 습관을 망친다. 빌린 책에는 내 마음대로 줄을 긋거나 메모를 해둘 수 없다. 줄을 긋고 싶지만 그을 수 없을 때 나는 방금 읽은 구절이 날아갈까봐 전전긍긍하고 잊힐 것을 두려워하면서도 잊혀질 것이 분명하므로 그 책을 미워한다.

새뮤얼 존슨이 말했듯 지식에는 두 가지가 있다. 무언가를 아는 것과 무언가를 어디서 찾을 수 있는지 아는 것. 이것을 각각 직접지와 간접지라고 하자. 어떤 지식은 바로 직접지의 자격을 얻지만 대개의 지식은 간접지에서 반복과 체화를 거쳐 직접지에 이른다. 그리고 독서가 제공하는 건 어쩔 수 없이 간접지이다. 그런데 도서관에서 빌린 책은 이 간접지를 더욱 간접적으로 만든다. 즉 직접지가 "필립 지글러는 『흑사병』에서 흑사병은 1347년에 케파에서 시작해 향후 몇 년 동안 전 유럽을 휩쓸었다고 적었다. 그는 흑사병이 중세를 끝장낸 건 아니지만 중세의 사회구조와 정신세계에 큰 타격을 줬다고 주장했다"라면 간접지는 "흑사병으로 전 유럽 인구의 1/3이 죽었는데 자세한 건 필립 지글러의 『흑사병』에 나와 있다"에 해당한다. 그런데 도서관에서 읽은 책은 이마저도 "유럽의 전염병에 관한 책을 봤더니, 전쟁-기근-전염병이 몰려다닌다는 내용이 있었다" 정도로 만들어버린다. 이건 책의 문제가 아니라 형식의 문제, 내가 책을 읽고 그 정보를 기억하는 일에 관한 문제이다. 즉 그것은 엄밀히 말해 내 문제이다. 그런데 이 문제에서 헤어 나올 수 있을까? 책을 좀 더 정성껏 읽으면 해결 가능할까? 그렇지 않다. 이건 다분히 심리적인 문제여서 책을 읽는 동안 내내 '내 책이 아니다'라는 생각이 개입한 까닭이라고밖에는 달리 생각할 수 없다. 그러면 도서관에서 빌려 읽은 책을 산다면 그 책에 대한 기억을 새로 산 책에 대한 기억으로—두 책은 물리적으로 똑같다고 거의 가정할 수 있다—대체하는 것이 가능할까? 지금까지 몇 번 그런 시도를 했었지만 그리 성공적이지 못했다고 고백하겠다. 그 경우 나는 '내가 읽은 책이군. 게다가 아주 깨끗해서 더 좋아'가 아니라 '이 책은 도서관에서 빌려 읽었지. 그런데 책이 마음에 들어서 샀어. 그러니까 이 책은 내가 읽고 마음에 들어 했던 그 책이 아냐'로 기억하고, 심지어는 '나는 이 책을 읽었다고 기억하는데 이 책은 내가 자기를 읽었다는 걸 기억 못 하는 것 같군' 하고 생각하기도 한다.

　해결책은 두 가지다. 새 책을 구해서 처음부터 다시 읽음으로써 원래의 책의 기억에 새 책의 기억을 덮어쓰는 것. 그러나 이때 두 번째 독서는 첫 번째 독서와 같은 감동을 주지는 못한다. 다음 방법은 내가 빌려 읽었던 바로 그 책을 손에 넣는 것. 확실하고 유일한 방법은 두 번째 방법이다. 그러나 나는 정직한 사람이어서 감히 책을 훔칠 수는 없으므로 도서관에 그 책을 팔기를 간청하는 수밖에 없다. 도서관이 순순히 책을 팔겠다고 할 리 없으므로 나로서는 거의 떼를 쓰다시피 하면서 도서관이 내 억지를 참지 못해, 혹은 다른 어떤 이유로든 내게 그 책을 팔겠다고 결정을 내려주기를 언제까지고 기다리는 수밖에 없다. 내가 도서관을 순회하는 이유 중 한 가지는 분명히 거기에 있다.

　책 곳곳에 사서에 대한 혐오와 증오가 엿보이는 건 어쩔 수 없다. 모든 애서가들은 기본적으로 사서를 싫어한다. 그들의 눈으로 보기에 사서는 책을 망가뜨리는 주범이다. 사서는 책이 들어오면 관리가 어렵다는 이유로 책싸개는 버리고 책등과 표지에 분류표를, 표지 안쪽에 인식표를 붙이고 투명 비닐로 책을 싼다. 애서가는 사서가 사용하는 테이프와 비닐이 책을 질식시키고 부식시킨다고 주장한다. (변명하자면 책을 망치는 진짜 범인은 더러운 손으로 책을 아무렇게나 만지고 안 보이는 곳에서 책장을 찢어가는 이용자들이다. 사서의 손은 기껏해야 한 책의 먼지를 다른 책으로 옮길 뿐이다. 그리고 애서가처럼 책을 끔찍이 아끼며 애지중지하는 건 사서가 할 일이 아니다. 우리에게 책이란 끝없이 분류하고 기록해야 할, 표백제와 화학약품을 내뿜는 먼지 뭉치, 종이로 만들어졌을 뿐인 벽돌에 가깝다.)

부록으로는 도서관에 관한 몇 가지 통계와 순위 자료가 실려 있다. 장서 규모를 기준으로 한 전국의 도서관, 도서관에서 가장 많이 대출되는 책, 반납이 잘 이뤄지지 않는 책, 가장 많이 기증되는 책, 관외와 관내에서 분실되는 책, 훼손되는 책 등. 흥미로운 것은 가장 많이 도난당하는 책의 순위에 애비 호프먼의 『이 책을 훔쳐라』가 상위에 있다는 것이다. 도서관 이용자들이 제목에서 용기를 얻어 그 말을 그대로 실행에 옮기는 것일까. 그렇다면 케빈 베커의 『이 책을 빌리지 마라』는 대출이 가장 이뤄지지 않는 책 순위에 올라야 마땅할 것이다. 지금까지 이 책을 대출한 사람은 한 명도 없었다.

캐서린 헌트에 대해

　자필 원고로 만들어진 사가본은 관리하기가 까다롭다. 제본
과 지질이 장기 보관을 버티지 못하기 때문이다. 이런 책들은 서가
에 얌전히 꽂힌 채로도 책등이 무너지거나 접착이 분리되거나 본
문지가 눌리거나 부식한다. 그래서 다른 책들보다 더 신경이 쓰인
다. 생각날 때마다 한 번씩 책들을 하나하나 점검하고 바로 세워두
는데 그나마 이 책들을 읽겠다고 찾는 사람들이 적어서 다행이다.
　사가본이 있는 곳은 E 열람실 지하의 자료실이고 그곳으로 그곳으로
내려가는 통로는 내 자리에서 바로 보이기 때문에 누군가 그곳으
로 내려가면 바로 알 수 있다. 이 책들은 기증자들이 손수 만든 유
일본이라서 나로서는 이 책들이 혹시 훼손되지 않을까 걱정할 수
밖에 없다. 그래서 그곳에 사람이 있으면 CCTV 모니터에 눈이 더
자주 가게 되고 어떤 구실로든 한 번은 내려가 내가 거기에 있다는

사실을 사람들에게 알린다. 물론 그런다고 해서 누군가 몰래 책을 망가뜨리려고 마음먹는다면 내가 그걸 막을 수 있는 방법은 없다.

한번은 한 남자가 책을 찢는 것이 CCTV에 보여 급하게 그를 말리러 내려갔더니 책은 이미 산산이 분해된 후였다. 남자는 잔뜩 흥분해서는 그걸 쓴 것이 자기 아내인데 책에 온통 자기 험담을 늘어놓았다고 말했다. 기증자에게 연락했더니—여자였다—그쪽도 잔뜩 흥분한 목소리로 그 남자는 체포돼야 마땅하니 당장 경찰을 불러달라고 했다. 출동한 버나드 경관은 남자를 데려가면서 책도 증거물로 가져갔다. 책도 남자도 다시는 돌아오지 않았다.

자료실에 있는 사가본에 특별한 관심을 보이는 사람들이 있다. 그들 중 일부는 자기가 써서 기증한 책이 잘 있는지 안부를 살피러 온 기증자들이다. 그러나 오로지 사가본을 열람하려는 의도로만 찾는 사람들도 있다. 아마 손으로 쓰고 그리거나 가정용 프린터로 인쇄해서 묶은 책들이 풍기는 소박한 매력이 그들을 끌어당기는 것 같다. 세련된 책들은 세상에 이미 충분히 많으니까.

자료실로 자주 내려가는 이용자는 금방 얼굴이 익혀지기 마련이다. 그중 한 여자가 유독 눈에 띄었다. 여자는 50대 정도에 은색 머리를 단발로 잘랐는데 연한 푸른색 눈동자에 테가 없는 안경을 꼈다. 옷은 대개 차분한 톤의 투피스 바지 정장을 입고 한 손에는 서류 가방 같은 걸 들고 다녔다. 자신이 중요한 일을 하고 있다는 믿음이 표정과 태도에서 자연스레 드러나 권위적인 인상을 풍겼다. 그런 사람이 왜 출판사에서는 내주지 않는 자필 원고 사가본 같은 데 관심을 보이는지는 알 수 없었다. 처음에는 아이디어를 얻으려는 작가나 숨겨진 보석을 발굴하려는 출판사의 편집자일지도 모른다고 생각했지만 나중에는 그저 조금 별난 기호를 가진 어느 회사의 중간 간부일 거라 생각하고 넘겼다.

어느 날 여자가 내게 다가오더니 중요한 이야기가 있다며 2층에서 개인 면담을 요청했다. 대단한 이야기가 아니라면 이 자리에서 하라고 했더니 여자는 신분증을 꺼내 보였다. 그걸 보니 여자가 왜 그렇게 뻣뻣한 태도로 도서관을 누비고 다녔는지 이해가 됐다. 그녀의 이름은 캐서린 헌트였는데 반디멘 재단 도서관의 운영위원회에서 보낸 감독관이었다.

2층에 올라오자 감독관은 관장의 책상에 앉았다. 평소 내가 앉아서 책을 읽던 자리였다. 나는 평소 책을 올려두던 의자에 쌓아둔 책을 치우고 감독관의 앞에 앉았다. 교장실에 불려온 학생이 된 기분이었다. 그녀는 가방에서 몇 개의 서류를 꺼내 건네주면서 호펜타운 도서관의 운영 종료 시점이 다가오고 있으며 시의회에서 도서관의 인수를 거부할 것으로 보인다고 했다. 그녀는 마지막 회의에 제출할 도서관 운영 실태 보고서를 작성하는 책임을 맡고 있는데 자신으로서는 도서관의 문제점을 솔직하게 보고하지 않을 수 없다고 했다. 내가 어떤 문제점이 있느냐고 물었더니 그녀는 내게 준 보고서 초안에 그것들을 자세히 적어놓았다고 했다. 그리고

1주 뒤에 회의 결과를 알려주러 다시 오겠다고 말했다.

　감독관이 돌아간 뒤에 나는 그 보고서를 읽어봤다. 보고서에 따르면 호펜타운 도서관은 전국의 반디멘 재단 도서관 중 이용자와 장서 면에서 하위 5퍼센트 안에 들었다. 인력 면에서는 관리인 2명과 사서 1명이 고용돼 있는데 인력 대비 업무 효율이 좋지 못했다. 도서관 시설은 낙후돼 있고 고장 난 문을 방치하는 등 유지 보수에서도 여러 문제점이 있었다. 또 노숙자가 자유로이 드나들 거나 아동이 보호자 없이 방치돼 있는 등 이용자 관리에도 문제점이 많았다.

　감독관은 1주 뒤에 찾아왔다. 그 자리에는 소식을 듣고 일부러 찾아온 BP도 있었다. 윌킨스 씨와 부인도 함께했다. 감독관은 자기 이야기를 듣는 사람이 많아진 것에 만족하는 눈치였다. 그녀는 시의회에서 최종적으로 도서관의 인수를 거부했으며 도서관의 폐관은 결정적이라고 말했다. 그리고 현재 재단은 도서관을 인수할 다른 재단을 물색 중이지만 그 역시 전망은 불투명하며 만약 실패하면 도서관 건물을 매각하는 절차를 밟게 될 거라고 말했다. 그리고 인수와 매각과는 상관없이 현재의 고용 상태는 도서관 운영이 종료되는 시점에 해지될 거라고 덧붙였다. 그게 무슨 뜻이냐고 묻자 나와 윌킨스 부부가 이곳을 떠나야 한다는 뜻이라고 대답했다.

　그러면 책은 어떻게 되는 거냐고 BP가 물었다. 감독관은 기다렸다는 듯이 도서관의 모든 책은 재단의 재산이므로 운영 종료 시점 이전에 재단에서 회수해 갈 예정이며 도서관의 공식적인 폐관일은 운영위원회의 회의 후 알려주겠다고 말했다. 기증받은 사가본은 어찌 되는지 물었더니 감독관은 그 책들은 개별적으로 검토는 하겠지만 보존 노력에 비해 가치가 적어 일괄적으로 폐기될 가능성이 높다고 했다. 그러자 BP는 재단이 구입한 건 재단 것이지만 주민이 기증한 건 기증자에게 돌려줘야 한다고 말했다. 감독관이 운영 지침에는 기증받은 책들이 도서관의 재산으로 귀속된다는 내용이 있으며 모든 기증자는 그 서류에 자신이 직접 서명을 했을 거라고 말하자 BP는 그렇기는 하지만 도서관 운영 지침 세칙에는 특별한 사유가 있을 경우에는 기증자에게 취급에 관한 의사를 다시 물어야 한다고 나와 있으며 이 경우가 바로 그 특별한 사유에 해당한다고 했다. 나는 서가에서 운영 지침을 꺼내서 감독관에게 보여줬고 감독관은 BP의 말이 맞다는 걸 확인했다. 자신이 틀렸다는 걸 알자 감독관은 조금 언짢아 보였다. 그녀는 자기는 그 책들에 아무런 관심이 없으며 폐관 전까지 그 책들을 기증자에게 돌려주든지 말든지 우리가 알아서 하고, 자기로서는 그 쓰레기들을 처리하는 귀찮은 일을 피할 수 있어서 다행이라고 말했다.

다음 날부터 나는 기증자들에게 전화를 걸었다. 감독관에게 들은 이야기를 그대로 들려주자 대부분은 책을 다시 가져가겠다고 하고 정말로 도서관에 찾아왔다. 그리고 자신이 언젠가 작성했던 기증확인서에 다시 한 번 서명을 하고는 자신이 쓴 책을 받아 갔다. 책을 받아든 그들은 하나같이 조금 쓸쓸하면서도 한편으로는 안심하는 얼굴이었다. 어쩌면 그들은 집에 돌아가서는 자기 책을 향해 이제까지 도서관에서 어떤 삶을 살았는지 조용히 묻지 않을까.

그렇게 해서 책들은 하나둘씩 도서관을 떠나갔다.

나는 어떻게 성공적인 꾀병쟁이가 됐나

How I came to be a Successful Malingerer

올리버 롤랜드Oliver W. Roland, 산타페 NM: IWN 프레스, 2008

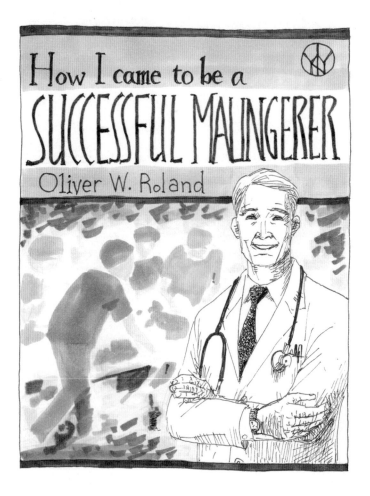

올리버 롤랜드에 대한 설명은 단 한 구절이면 충분하다. 성공한 내과 의사. 30대에 이미 주립 병원의 심혈관 내과 과장 자리에 오른 그는 우리가 막연하게 생각하는 성공한 의사의 이미지 그대로의 남자였다. 즉 유능하고 정력적이고 야심만만해서 어떤 도전에든 응할 준비가 돼 있지만 다른 한편으로는 환자에 대한 연민과 책임감으로 고뇌하는, 양심적이면서 훌륭한 의사. 올리버 롤랜드는 정말로 그런 사람이었다. 운명의 손님이 찾아온 그날 이전까지는.

그 손님은 바로 통증이었다. 휴가를 떠난 롤랜드가 호숫가의 풀밭에 텐트를 치려고 망치를 치켜든 순간 통증은 그의 어깨를 번개처럼 내리쳤다. 통증은 곧 잠잠해졌지만 휴가의 나머지 기간 동안 그가 보트의 노를 젓거나 수영을 하며 팔을 저을 때마다 간헐적으로 다시 나타났다. 그는 통증에 관한 전문가인 동료들의 자문을 구했다. 그들의 진단에 따라 치료를 받았지만 통증은 낫기는커녕 점점 더 심해졌다. 그는 동료들에게 스테로이드와 마약성 진통제를 처방해 달라고 요구했다. 주립 병원에 자신의 통증을 해결해줄 사람이 없다는 사실을 확인한 그는 그 분야의 유명한 의사들을 찾아다니기 시작했다. 소위 전문가라는 이들에게 받은 진단과 처치는 이미 모두 한 번 이상 받은 것들이었다. 그는 동종요법, 카이로프랙틱, 마사지, 침술 등을 받기도 했다.

통증은 그의 업무만이 아니라 일상생활도 침범하기 시작했다. 이제 그는 더 이상 여유 만만한 호인이 아니라 걸핏하면 짜증을 내는 히스테리컬한 소인배가 돼 있었다. 그는 동료들과 멀어졌고 여자 친구와도 헤어졌다. 어깨와 경추에 한 차례씩 수술을 받았지만 통증은 계속됐다. 남은 건 항우울증약과 정신 상담뿐이었다.

그는 원인 불명의 만성통증 환자가 으레 도달하기 마련인 자가 처방과 치료의 단계에 이르렀다. 즉 여러 종류의 진통제를 섞어서 먹거나 직접 주사했고 비타민과 미네랄을 먹으며 식단을 관리하고 매일 한 시간은 운동을 하고, 20분은 향을 피우고 명상에 집중했다. 그중 하나라도 소홀하면 통증은 어김없이 찾아왔다. 그 과정은 힘겹고 고통스러웠지만 어깨의 통증에 비할 바가 아니었다. 진짜 고통스러운 일은 따로 있었다.

내과 과장인 그는 병원의 모든 동료들이 겉으로는 자신을 이해하고 동정하는 것처럼 보이지만 사실은 그렇지 않다는 것을 알게 됐다. 그들은 롤랜드가 꾀병이나 엄살을 부리고 있다고 생각했다. 분통이 터지는 일이었다. 자기는 두 번이나 수술을 받고서도 여전히 통증으로 괴로워하고 있는데 그들은 사정을 알지도 못하면서 단지 병의 원인을 발견할 수 없다는 이유만으로 자기를 꾀병 환자로 치부하고 있었다. 그는 결국 병원을 떠났다.

어느 날 진통제를 처방 받으러 간 병원에서 의사의 비아냥거림을 듣던 롤랜드는 의사와 환자의 관계에 대해 문득 눈을 뜨게 됐다. 마치 영화 「닥터」에서 윌리엄 허트가 연기한 의사처럼. 그리고 현대 의학의 한계와 의사-환자 관계의 딜레마에 자신의 질병을 결합시켜 책을 써야겠다고 결심했다.

이 책에서 그는 의사의 입장에서 만성통증 환자는 골칫거리라고 주장한다. 환자는 이미 통증 때문에 아주 예민해져 있으며 많은 치료를 받느라 육체적, 정신적으로 지쳐 있다. 게다가 경제적으로도 어려움에 처해 있을지 모른다. 환자는 치료를 시작하기 전부터 이미 반쯤은 실망하고 있는 상태이며 의료 전반과 의사에 대한 불신으로 가득 차 있다. 검사를 마친 뒤 적절한 진단과 치료법을 제시하면 환자는 이미 그 치료는 다른 병원에서 시도해본 적 있노라며 거부하기 일쑤다. 그러고는 자신이 이미 시도해본 치료방법을 열거하며 이제껏 시도해보지 않은 어떤 특정한, 말도 안 되는 치료법을 요구한다. 그것을 거부하면 남은 방법은 없어 보이지만 그래도 의사로서는 뭔가 해주지 않으면 안 된다. 그는 치료를 거듭할수록 점점 더 거세지는 환자의 반발을 무시하거나 견딜 수 있을 따름이다. 그리하여 이 골치 아픈 환자가 어서 빨리 다른 병원으로 가주기를 바라게 된다.

반면 환자가 보기에 가장 걱정스러운 것은 의사가 자신을 평범한 환자로 봄으로써 이제까지 했던 헛수고를 반복하는 것이다. 그래서 자신의 병이 얼마나 복잡한 것인지 강력하게 호소할 수밖에 없다. 환자는 의사가 자신을 얼마나 주의 깊게 다루는지 감시해야 한다. 어쩌면 그가 실력이 별로일 수도 있다. 그렇다면 더 이상 치료를 받는 것은 무의미한 데다 경제적으로도 도움이 안 되는 일이다. 그러나 다른 의사를 찾아가면 이 과정을 반복해야 하고 그러려면 또 새로운 용기가 필요하다.

롤랜드는 전인적 관점에 근거한 새로운 개념의 만성통증 클리닉의 개설을 주장한다. 현대 의학과 대체 의학, 그리고 심리 치료를 병행하는 이 시스템이 제대로 기능하는 데는 막대한 재정 지원과 함께 보험회사의 승인 등의 과정이 필요하다. 그런 한편 통증 관념에 대한 의학적, 사회적 재교육과 함께 의사-환자 관계의 재정립 역시 반드시 필요한 과정이라고 그는 강조한다. 그리고 그것이 바로 이 책을 집필한 가장 중요한 동기라고 설명하고 있다.

의료 체계의 맹점에 대한 솔직한 고백과 깊이 있는 성찰을 담아내고 있는 이 책에는, 그러나 어처구니없는 결함이 하나 있다. 그건 바로 표지 디자인이다.

앞장을 보자. 저자인 올리버 롤랜드가 의사 가운을 입은 채 팔짱을 끼고 자신만만하게 웃고 있다. 배경으로는 위급해 보이는 병원 풍경이 흐릿하게 펼쳐진다. 과연 주립 병원의 내과 과장에 어울리는 성공적인 의사의 모습이다. 그런데 그 위에 '나는 어떻게 성공적인 꾀병쟁이가 됐나'라는 제목이 있다. 뭔가 이상하지 않은가. 바쁜 병원. 꾀병쟁이. 웃고 있는 의사. 떠오르는 것은 한 가지뿐이다. 급박한 상황을 약삭빠르게 빠져나온 꾀병쟁이. 생각만 해도 얄밉고 괘씸하다. 게다가 꾀병을 부리기 위해 그가 자신의 의학 지식을 이용했을 것을 생각하면 도저히 용서할 수 없을 것 같은 기분이 든다. 얼마나 얄미운가 하면, 그렇지 않은 줄 뻔히 알면서도, 이 책의 내용 전부가 이 괘씸한 꾀병쟁이가 둘러대기 위해 지어낸 거짓말이 아닌가 하는 생각마저 들게 되는 것이다.

과거에 읽은 책을 생각할 때 우리는 우선 책의 물성, 그중에서도 책의 시각적 이미지를 먼저 떠올린다. 그래서 표지의 느낌은 곧 책의 느낌이다. 이 책을 생각할 때마다 나는 반쯤은 웃음이 나오고 반쯤은 화가 나서 그때마다 당황한다.

일곱 얼굴의 남자 *A Man With 7 Faces*

닉 사바린Nick Savaryn,
뉴욕 NY: 그레이브야드 프레스Graveyard Press, 1982

어느 날 야간 청소부 닉이 사라진다. 새벽에 빌딩 청소 일을 마치고는 아침이 되어도 집에 돌아오지 않은 것이다. 아내인 제니는 경찰에 실종 신고를 하지만 어떤 연락도 받지 못한다. 몇 주 뒤 그녀는 출판사에 근무하는 에이미라는 여자의 방문을 받는다. 그녀는 제프리라는 작가를 찾고 있는데 그녀가 찾는 작가는 바로 야간 청소부 닉과 같은 사람이다. 우연한 기회에 에이미는 꽃집에서 일하는 마리아로부터 닉이 클로이라는 이름의 택시 기사로 행세했다는 것을 알게 된다. 에이미는 이것을 제니에게 알리고 제니는 닉의 소지품을 뒤져 다른 여자들의 연락처를 찾아낸다. 제니는 닉이 요리사, 외판원, 전기 기술자, 트럭 운전사로 자신의 신분을 속이고 여러 여자들과 관계를 맺어왔다는 걸 알게 된다. 제니, 에이미, 마리아는 함께 닉을 찾아 나서기로 한다. 그들은 닉을 아는 다른 여자들이 사는 곳을 차례로 방문한다. 여행이 계속될수록 닉의 정체는 점점 미궁에 빠진다. 여행의 막바지에 이들은 닉의 고향인 어촌에 도착한다. 개발로 해체되는 중인 마을에서 이들은 닉을 기억하는 노인을 만나지만 그는 정신이 온전치 않아 횡설수설한다. 도시로 돌아온 이들은 거리에서 차례로 닉과 마주친다. 그들 중 아무도 닉에게 말을 걸지 않고 닉도 그들을 알아보지 못한 듯 그냥 지나쳐 간다.

작가 소개에 의하면 닉 사바린은 문학 박사 학위를 받은 뒤 도

네츠크 국립대학교에서 8년간 문학을 강의했다. 한 모임에서의 정치적인 발언으로 교수직에서 해고된 그는 대학의 청소부로 일하다 미국으로 망명했다. 영어에 익숙하지 않은 그는 먹고살기 위해 택시 운전사, 장거리 트럭 운전사, 빌딩 청소부, 요리사, 벨 보이, 탐정의 조수, 서점 점원, 편집자, 선원, 하역 노동자, 선로 감시원, 냉동고 관리인, 삼림 경비원, 빌딩 경비, 여행 가이드, 자동차 정비공, 전자제품 조립공, 방문 판매원, 마약 판매상 등 여러 직업을 거쳤다.

사바린은 처음에는 우크라이나어와 러시아어로 글을 썼으나 영어가 익숙해진 뒤에는 영어로만 썼다. 초기 작품은 망명자의 우울하고 무력한 인생을 우스꽝스러운 어조로 그린 것으로 우크라이나와 미국 사회, 인생 일반의 부조리를 동시에 묘사했다.

해설에 따르면 『일곱 얼굴의 남자』는 망명지에서 불안정한 삶을 꾸려나갈 수밖에 없던 닉 사바린 자신의 삶을 그린 자전적인 소설이다. 작품의 주인공은 닉이라는 이름의 한 남자를 찾아다니는 여자들이다. 이들은 닉을 서로 다른 직업과 이름을 가진 남자로 알고 있다. 닉의 아내와 다른 두 여자가 닉의 정체를 찾아 나서는 과정이 소설의 주된 전개부이다. 줄거리로 보면 이 소설은 감춰진 비밀을 찾아 나서는 미스터리인 것 같지만 실제로는 알 수 없는 일에 맞닥뜨리고 우왕좌왕하는 코미디에 가깝다.

BP에 따르면 코미디란 역설과 연민의 결합이다. 역설은 웃음을 만들고 연민은 동질감을 자아낸다. 역설만 있고 연민이 없는 작품은 못된 장난기만 가득해서 구역질이 나고 반대로 역설 없이 연민만 있는 작품은 한심해서 역시 구역질이 난다. 역설이 없는 코미디는 애초에 성립할 수 없으며 연민이 없는 코미디는 잔혹한 활극에 불과하다. 이렇듯 역설과 연민은 서로 억제하면서 상승한다. 둘의 완벽한 결합의 예는 이탈리아 시골 마을을 배경으로 공산당원 읍장과 신부가 정치적, 종교적 대립을 벌이는 조반니노 과레스키의 유명한 작품에서 찾아볼 수 있다. 사바린의 작품 속에서 배신감, 호기심, 사랑 등 서로 다른 동기로 여행에 나선 여자들은 처음에는 서로 경계하고 갈등하지만 곧 상대에게 연민과 동질감을 느끼게 된다. 사바린은 과레스키만큼은 아니지만 작품 안에 역설과 연민을 충분히 스며들게 했다. 그러지 않았다면 이토록 기괴하고 살벌한—중혼을 포함해 일곱 명의 여자와 동시에 관계를 유지한 남자를 쫓는 배신당한 여자들에 관한 이야기라니! 생각만 해도 소름 끼치지 않는가—이야기를 읽으며 간간이 웃음을 터뜨릴 수는 없었을 것이다.

페퍼에 관한 모든 것 *All That Pepper*

재니스 새그너Janis Sagner, 블루 애쉬 OH: 홀랜드힐Holland Hill, 1989

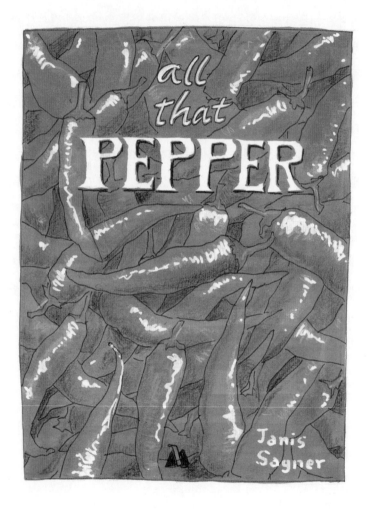

재니스 새그너는 아주 긴 이력의 소개자다. 스코빌 지역지는 그녀의 가장 중요한 경력 열 가지로 스탠드업 코미디언, 여행가, 요리사, 육종가, 사업가, 디자이너, 카운슬러, 지역 사회 운동가, 모험가, 사진가를 꼽았다. 이 책은 그녀의 다채로운 경력 중 일부를 간접적으로 반영하고 있다.

『페퍼에 관한 모든 것』은 우리가 흔히 '페퍼'라고 뭉뚱그려 말하는 식물과 그 식물을 이용해 만든 세계의 요리 문화에 관한 잡담을 모아놓은 책이다. 이 책에서 말하는 페퍼에는 파이퍼Piper 종과 캡시컴Capsicum 종이 모두 포함되는데 각각 후추, 칠리가 대표적인 종류다. 이 둘은 엄연히 다른 종이지만 저자는 이 책의 목적은 식물학적인 것이 아니기 때문에 둘을 엄밀하게 구분하지 않겠다고 서문에서 밝힌다. 구성을 간략히 살펴보자면 페퍼라고 알려진 여러 조미료의 종류에 대한 설명, 그 조미료들을 이용한 세계의 민속 요리, 미국 전역의 가정식, 그리고 이것들을 취재하기 위해 여행하는 과정에서 그가 겪은 일화, 스코빌 고추축제에 얽힌 이야기들, 자신이 만든 식당 '텍사스 페퍼스'에서 매운 요리에 도전하는 손님들 이야기 등이 나열돼 있다.

책을 만드는 과정에서 저자는 자신의 이력을 유감없이 발휘했다. 그녀는 책에 실린 사진을 모두 직접 찍었다. 글도 직접 쓴 것인데 이런 경우 대개 저자는 내용을 제공하고 실제로 글을 쓰는 건 문장력을 갖춘 대필 작가인 걸 고려하면 이례적이다. 게다가 편집

프로그램 사용법을 배워 표지 및 본문 디자인도 본인이 직접 했다. 그녀는 자신의 경험과 능력을 이 책에서 남김없이 발휘하고 싶었던 모양이다. 이 책에 쏟은 그녀의 애정을 짐작할 수 있다.

스탠드업 코미디언의 이력도 빼먹을 수 없었던 모양인지 본문에는 거의 매 페이지마다 농담이 튀어나온다. 손쉬운 말장난(이를테면 '볼' 페퍼에 대한 성적인 농담에서 드러나는), 지나친 자기 비하(성장 환경에 대한 거의 비현실적이라 할 정도의 과장), 사회적 소수자에 대한 공격(비만 환자를 위한, 치사량에 가까운 캡사이신 수프)으로 이루어진 그녀의 농담은 사람에 따라서는 읽기 거북할 수도 있다.

책을 낼 당시 재니스 새그너는 '텍사스 페퍼스'라는 식당을 운영 중이었다. 휴스턴에 위치한 이 300석 규모의 식당에서는 본문에 실린 모든 요리를 맛볼 수 있었는데 맵기의 정도를 손님이 직접 선택할 수 있었다. 그리고 지구상에서 제일 매운 요리인 '악마의 요리' 1인분을 30분 안에 다 먹은 사람에게는 평생 무료로 식사를 대접한다고 광고했다. 즉 책은 노골적으로 그녀의 식당을 홍보하기 위한 것이었다.

희귀본을 다루는 예의 블로그에서는 이 책에 관해 다음과 같은 후일담을 소개하고 있다.

재니스 새그너는 자신이 운영위원장으로 있는 스코빌 고추 축제의 고추 많이 먹기 대회에서 급성 위염, 위궤양, 과민성 장증후군, 결막염, 습진 등 다수의 환자가 발생한 사건에서는 책임을 면할 수 있었지만 '악마의 요리'에 도전했다가 발생한 사망 사고에서는 책임을 피할 수 없었다. 그녀는 사망자에게 사전에 받은 각서와 사망자가 '악마의 요리'를 먹기 1주일 전부터 안과 약을 복용하기 시작했는데 미리 알리지 않았다는 사실이 결정적인 근거가 돼 유죄 판결은 피할 수 있었다. 그러나 이미지 하락으로 인해 손님이 더 이상 찾지 않게 된 데다 소송 비용의 부담 때문에 식당은 폐업해야 했다.

가브리엘 헤수스에 대해

남자는 내 나이 정도의 히스패닉이었다. 키는 나보다 작았지만 다부진 체구에 피부는 적당히 그을렸고 수염을 길러 강한 인상을 풍겼다.

그는 늘 선글라스를 낀 채 완벽한 정장 차림으로 도서관에 나타났다. 정문으로 들어온 남자는 안으로 발걸음을 옮기기 전에 그 자리에 서서 도서관 전체를 한번 둘러봤다. 사방은 물론이고 천장의 구석까지 빠짐없이 훑었다. 혹 도서관 이용자 중에 처음 보는 사람이 있으면 시선이 조금 더 머물렀다. 그 일이 끝난 뒤에야 남자는 발걸음을 옮겼다. 남자는 서가에서 한 권의 책을 뽑아 도서관의 제일 구석진 곳에 앉았다. 그러나 책을 읽는 것 같지는 않았다. 그렇다고 자는 것도 아니었고 다른 일을 하는 것도 아니었다. 누군가를 기다리는 것 같지도 않았다. 그는 책을 펼쳐든 채로 가만 앉아 있다 대략 30분 정도 지나면 자리에서 일어났다. 그리고 입구에서 다시 한 번 도서관 안을 구석구석 훑어본 뒤 떠났다.

남자의 정체에 대해 LM과 나는 의견이 일치하지 않았다. LM은 남자가 자신이 누군지 잊은 주식중개인일 거라고 말했다. 늘 말쑥한 차림인 건 그게 유니폼이기 때문이고 도서관에 와서 주위를 둘러보는 건 자신이 어디에 있는지 확인하기 위해서라는 것이다. 이 이야기를 하기 전에 나는 『일곱 얼굴의 남자』와 『메트로』를 요약해서 그녀에게 들려준 바 있었다.

내 의견은 달랐다. 남자는 킬러가 분명했다. 지형지물을 확인하는 건 킬러로서 그에게 붙은 습관이다. 도서관에 와서 다른 사람들을 보는 것도 그가 암살자인지 확인하려는 것이다. 구석 자리에 앉는 것도 몸을 보호하기 위해서다. 말끔한 양복과 선글라스와 수염은 킬러의 유니폼이다. 게다가 남자는 언젠가 『시체를 처리하는 방법』을 골라서 들고 있던 일도 있다. 그 책 역시 읽지 않기는 마찬가지였지만.

남자가 책을 펼쳐들고 있는 건 도서관 구석에 자리를 차지하고 앉아 있기 위한 구실에 불과했다. 아마 그렇게 하면 눈에 띄지 않을 거라 생각한 모양이다. 그러나 남자가 그 자리에 앉아서 선글라스 너머로 자신들을 살피고 있다는 건 도서관에 있는 모든 사람이 다 알고 있었다. 게다가 그렇게 눈에 띄는 차림으로는 눈에 띄지 않을 도리가 없었다.

그런데 어느 날 그 남자가 구석 자리에 앉아 있다가 일어나서 정문으로 나가는 대신 내가 앉아 있는 중앙 데스크로 다가왔다. 여전히 선글라스를 낀 채였다. 미스 허시필드가, 앳킨스 씨가, 아리스 아키노가 고개를 들어 이쪽을 쳐다봤다. 나는 침을 삼켰다. 내 앞에 온 남자는 천천히 손을 들어 올렸다. 남자의 강한 향수 냄새 때문인지 순간 정신이 어찔했다. 남자의 손에는 권총, 이 아니라 책이 한 권 들려 있었다. 남자는 그 책을 빌릴 수 있는지 물었다. 남부 억양이 섞인 굵고 낮은 목소리였다. 책을 빌리기 위해서는 도서관 회원이 돼야 하며 그러기 위해서는 서류가 필요하다고 말하는 내 목소리는 어쩐지 가늘게 떨렸다. 남자는 나를 잠깐 노려보다 아무 말 없이 책을 원래 자리에 갖다놓고는 도서관을 떠났다. 웬일인지 남자가 빌리려던 책은 『페퍼에 관한 모든 것』이었다. LM과 나는 주식중개인이나 킬러가 왜 하필이면 요리책을 빌리려 했는지를 생각해봤지만 결론은 내릴 수 없었다.

내가 조금 힘든 하루를 보낸 날 LM은 나를 위로해주기 위해 저녁을 사겠다고 했다. 우리가 간 식당의 에어컨이 고장 난 바람에 우리는 테라스 석에 앉아야 했는데 그곳은 주방 뒷문과 가까운 자리였다. 열린 문을 통해 음식 냄새가 풍겨왔고 요리사들이 말하는 소리도 들렸다. 식사하는 내내 들리는 이야기로 우리는 '갭'이라는 이름의 부주방장이 새 식당을 열려고 준비하고 있다는 걸 알게 됐다. 식사를 마치고 카운터에서 계산을 하다가 우리는 요리사 복장을 한 남자와 마주쳤다. 그는 나와 눈이 마주쳤지만 모른 체하고 얼른 주방으로 들어갔다. 남자의 가슴에는 '가브리엘 헤수스'라는 이름표가 달려 있었다.

LM은 가브리엘 헤수스라는 이름의 요리사가 킬러나 주식중개인처럼 정장을 빼입고 향수를 잔뜩 뿌린 채 도서관에 드나드는 사실을 재미있어 했지만 내 생각은 조금 달랐다. 그날 나는 도서관 위원회의 문서를 받았는데, 도서관의 인수 협상이 결렬돼 하는 수 없이 매각이 결정됐으며, 이미 한 부동산 회사가 도서관을 매입해 식당으로 임대할 계획을 세우고 있다는 내용이었다. 가브리엘 헤수스가 도서관에 자주 드나든 건 임대하기 전에 미리 내부를 잘 봐두기 위해서였을 것이다. 그런 생각을 하자 조금 우울해졌다.

모노폴리: 전술과 기술 *Monopoly: taktiek en tegnieke*

솔로몬 은코사Solomon Nkosa, 헤일리 보넷Haley Bonnett 옮김,
샬럿 NC: 브릴리언트 프레스Brilliant Press, 1987

솔로몬 은코사가 '아프리카 민족회의'라는 무장군사조직에 가입한 것은 1960년에 있었던 샤프빌 학살 직후였다. 그러나 그는 총 한 번 쥐어보지 못한 채 어느 날 회합 장소를 급습한 경찰에 체포됐고 한 달 후에는 동지들과 함께 로벤섬으로 가는 배를 타고 있었다. 배에서 내린 그들을 맞이한 것은 몽둥이를 든 백인 간수들이었다.

로벤섬에는 정치범 수용소가 있었다. 섬의 시설은 그것뿐이었고 사람도 흑인 정치범들과 백인 간수들뿐이었다. 케이프타운은 12킬로미터나 떨어져 있었고 그 사이에는 상어가 헤엄치는 바다가 있었다. 죄수들은 섬의 생활에 적응하는 것밖에 달리 도리가 없었다. 열악한 환경과 강제 노동에도 불구하고 정치범들은 정치 토론을 이어갔다. 수용소는 그들에게 아파르트헤이트에 대한 또 다른 투쟁의 장이었고 그들 스스로를 가르치는 정치 학교였다.

수용소에서 은코사는 자신의 재능을 발휘했다. 그는 타고난 토론가였고 협상가였다. 그는 자신의 주장을 제기하는 방법과 상대를 설득하는 방법을 알고 있었으며 언제 양보하고 무엇을 타협하고 어디에서 물러서면 안 되는지를 알고 있었다. 정치범들 사이의 토론에 그가 끼게 되면 토론이 끝날 때쯤에는 모두들 그의 주장에 동의하기 마련이었다. 그러나 감옥 안에서 그가 가장 이름을 날린 분야는 정치 토론이 아니었다.

비윤리적인 인종차별 정책 때문에 남아공 정부는 세계의 끊임없는 비난과 감시를 받았다. 그들은 어쩔 수 없이 로벤섬의 죄수들에게 다양한 복지를 허용해야 했다. 그들은 비용이 적게 들어가고 위험성이 적으며 전시 효과가 뛰어나면서 죄수들의 관심을 돌릴 방법을 찾아야 했는데, 당연하게도 스포츠가 선택됐다. 죄수들은 토요일이면 마당에 나와 축구를 했다. 이것을 위해 추장들로 구성된 경기 운영위원회가 조직됐고 정치 조직을 기본으로 축구팀들이 만들어졌다. 그들은 채석장 노동으로 지친 몸으로 이번에는 이불을 찢어서 그물을 만들고 작업복을 염색해서 유니폼을 만들었다. 간수들은 이들이 경기를 하는 모습을 사진으로 찍어 세계에 선전했다.

그러나 죄수들은 간수들이 보지 못하는 다른 곳에서 이미 다른 스포츠를 시작하고 있었다. 그것은 저녁마다 감방에서 벌어지던 테이블 스포츠였다. 체스, 체커, 백가몬, 기타 토속적인 게임이나 감옥에서 자생적으로 생긴 주사위 게임 따위를 제치고 가장 큰 인기를 모은 것은 놀랍게도 모노폴리였다. 그들은 애틀랜틱시티의 지명 대신 자기들이 알고 있는 거리의 이름을 붙이고 땅값과 임대료를 매기고 나무를 깎아 만든 두 개의 주사위를 굴렸다. 이들은 주사위가 가리키는 곳의 땅을 사고 그곳에 빌라와 호텔을 지어서 다음에 그곳에 들르게 되는 불운한 참가자의 주머니를 긁어내 그가 파산하도록 만들었다. 그리고 모노폴리의 챔피언은 바로 솔로몬 은코사였다. 흑인의 해방을 위해 투쟁해야 할 그들이 가장 노골적이고 천박한 자본주의적 속성을 드러내는 게임에 열광하는 것의 타당성에 관한 토론이 있었지만 그 토론의 승자 역시 은코사였다. "우리가 이것을 모른다면 그들이 우리가 태어나고 자라고 결혼하고 아이를 낳아 기르는 마을에서 우리를 쫓아내려고 할 때 어떻게 스스로를 지킬 수 있단 말인가?" 누구도 이 말을 반박하지 못했다.

석방된 은코사는 몇 달 뒤 원고를 들고 출판사를 찾아갔다. 경찰은 소토어로 쓰인 원고에서 정치적인 메시지를 찾으려고 했지만 허사였다. 이듬해 봄에 책은 아프리칸스어로 번역돼 나왔다. 아파르트헤이트가 공식적으로 폐지되고 흑인도 국가대표팀에 들어갈 수 있게 되자 솔로몬 은코사는 테이블 스포츠 올림픽의 모노폴리 부문에서 남아공 대표로 출전했으며 은메달을 땄다. 대회를 취재하러 온 미국 기자가 솔로몬이 모노폴리에 관한 책을 썼다는 걸 알게 됐다. 영어 개정판은 새로운 서문을 덧붙여 미국과 영국에서 동시에 출간됐다. 은코사는 번역판 서문에 이렇게 썼다.

"모노폴리는 역설적인 게임이다. 협상과 대결, 운과 실력, 상승과 추락, 미덕과 악덕이 공존한다. 네 명이 게임을 할 때 한 명은 당신의 적이고 나머지 두 명은 천사와 악마다. 제일 먼저 나가떨어지는 건 천사이고 그다음은 악마다. 당신은 당신의 적과 최후의 승자를 가리게 된다. 얼굴에는 천사의 미소를 띠고. 마음에는 악마의 음모를 품고."

1983년의 아프리칸스어판과 1987년에 나온 영어 개정판 사이에는 몇 가지 차이가 있는데 그중 가장 중요한 것은 기술 부문 중 '거짓말'과 '금융' 항목이다. '거짓말' 항목에는 게임 참가자와 은행, 심지어는 구경꾼을 상대로 사기를 치는 방법이 자세하게 설명돼 있다. 돈을 주는 척하면서 주지 않기, 10달러 지폐를 100달러 지폐와 바꿔치기, 다른 참가자의 빌라를 내 지역으로 옮겨놓기, 10퍼센트 세금을 낼 경우를 대비해 돈을 꿍쳐두기, 부동산 카드를 바꾸기로 하고 바꾸지 않기, 담보 대출금을 내지 않고 카드를 부활시키기 등이다. '금융' 항목에는 카드가 아니라 수입을 담보로 걸고 은행에서 돈 빌리기, 은행을 대신해 복리로 다른 참가자에게 돈을 빌려주기, 임대료 대신 이후의 찬스 카드나 커뮤니티 실드 혜택을 받기 등이 있었다.

미국판에는 은코사가 한때 일리노이 애비뉴였던 마틴 루터 킹 주니어 대로에서 모노폴리맨으로 분한 광대와 함께 찍은 사진이 실려 있다. 흑인 투사와 백인 지주는 주머니에 손을 넣은 채 카메라 렌즈를 노려보고 있다.

찻주전자가 있는 정물화*A Still Life With A Teapot*

조안 맥케인Joan McKaigne,
윌킨스버그 PA: 크릭 앤 포트 출판Creek & Fort Publishing, 1989

조안 맥케인의 『찻주전자가 있는 정물화』에는 모두 아홉 편의 단편소설이 실려 있다. 아홉 편의 단편은 모두 같은 제목인데 「찻주전자가 있는 정물화 I」부터 「찻주전자가 있는 정물화 IX」까지 순서에 따라 로마자 숫자가 매겨져 있다.

첫 번째 작품인 「찻주전자가 있는 정물화 I」의 내용은 다음과 같다. 한 여자가 남자에게 고급 찻주전자를 선물 받는다. 선물을 받은 날 둘은 잠자리를 갖지만 그 뒤 다시는 만나지 않는다. 여자는 남자와 헤어진 뒤에도 찻주전자가 마음에 들어 계속 사용한다. 시간이 가며 여자는 자신과 남자가 서로 사랑했던 거라고 생각한다. 여자는 결혼해서 아이를 낳고, 찻주전자는 찬장 깊숙이 넣어두고 꺼내지 않는다. 이혼 후 혼자 살게 된 여자는 다시 차를 마시기 시작한다. 혼자 차를 마시는 시간은 그녀의 가장 중요한 일과가 된다. 여자는 우연히 남자를 다시 만나게 된다. 남자를 집으로 초대한 여자는 찻주전자를 꺼내 와서 보여준다. 찻주전자를 본 남자는 자신은 절대 그 찻주전자를 선물한 적 없다고 말하고는 서둘러 떠난다.

「찻주전자가 있는 정물화 II」에서 이야기는 조금 달라진다. 여자는 몇 번이나 찻주전자를 버리려다 포기한다. 재회한 남자는 찻주전자를 기억하지 못한 채 여유롭게 차를 마시고 여자와 잔다. 다음 날 아침 여자는 찻주전자를 쓰레기통에 버린다. 세 번째, 네 번째로 넘어가면서 소설은 세부에서 조금씩 달라진다. 장소가 바

꿰고 새로운 등장인물이 나오기도 한다. 그러나 소설의 큰 얼개에는 변함이 없다. 작은 변화들은 마지막 아홉 번째 소설까지 이어진다. 책 전체가 한 이야기의 아홉 가지 변주라는 것을, 한 이야기를 다시 쓴 것뿐이라는 것을 알게 된 독자는 작가의 의도를 궁금해하기 시작한다.

　작가는 첫 번째 단편을 완성한 뒤 거기에 뭔가 빠진 것을 발견했을 것이다. 그러나 그것을 추가하기 위해서는 소설을 모두 고쳐야 했다. 그러느니 처음부터 다시 쓰는 게 좋겠다고 생각했으리라. 그래서 그는 새로 쓰기 시작했는데 이번에는 처음과는 조금 다른 식으로 쓰게 됐을 것이다. 한 번 했던 이야기를 다시 할 때 이야기꾼은 세부를 조금씩 변형하지 않던가. 한 번 살았던 생을 다시 산다면 누구도 이전의 생과 똑같은 식으로는 살지 않으려 할 것이다. 그러려 해도 그럴 수 없을 테고. 이 작가도 두 번째로 쓸 때는 처음과 완전히 같은 식으로 쓸 수는 없었다. 그렇게 인물의 이름과 성격이 달라지고 사건의 순서와 세부가 바뀌었다. 뿐만 아니라 시점과 시제와 화법과 문장 역시 달라졌다. 주절주절 떠벌리는 작품이 있는가 하면 무심하고 담담하게 기술한 작품도 있다. 「IV」에서는 주제를 인물의 입을 빌려 노골적으로 드러내는가 하면 「VIII」에서는 에필로그를 덧붙여 인물의 말년을 묘사했다. 그러나 이 모든 변형에도 불구하고 각각의 작품이 결국 같은 이야기라는 사실에는 변함이 없다.

작가 자신의 짧은 후기를 참고하면 아홉 편의 작품은 집필 순서로 배치된 것이다. 과연 뒤로 갈수록 작가는 더욱 정돈되고 세련된 문장을 구사한다. 아울러 어휘는 빈약해지고 인물은 점점 깊이를 잃어가고 사건은 소설의 시공 속에서 박제화된다. 소설적 요소들이 서로 분리되면서 작품은 미니멀해진다. 독자의 흥미가 떨어지는 건 당연한 일이다. 마지막 아홉 번째 작품을 읽는 데는 로브그리예를 읽는 데 필요한 정도의 인내심이 요구된다.

VK는 이 책에 다음과 같은 설명을 남겼다. '작가는 하나의 이야기를 계속 고쳐 쓰면서 인물과 사건과 배경이라는 소설의 고전적 요소로부터 이탈했다. 조안 맥케인은 다소 괴롭고 파괴적이기까지 한 이런 작법을 의식적으로 택했는데 그의 목적은 소설의 틀에서 벗어나는 것, 나아가서 문학으로부터 탈출하는 것이었다. 그렇다면 그의 시도는 탈출의 가능성을 보였다는 점에서는 절반은 성공을 거두었다고 볼 수 있겠다. 다만 그 시도의 끝이 여전히 문학에 머무는 것은 작가가 작법을 극단적인 데까지 밀어붙이지 못한 데에 원인이 있는 것이 아니라 누보로망을 비롯한 모든 데카당이 추구했던 탈출의 끝이 여전히 문학을 향해 있기 때문이다. 즉이것은 문학으로부터의 탈출은 그것의 소멸밖에는 없다는 증거다. 그리고 그것이 문학이 스스로 가고 있는 길이다.'

그러나 내 생각에 이 책을 읽는 데 더욱 적합한 주제는 기억의 왜곡이다. 작가 자신의 후기에서 암시하는 바처럼 이 소설이 경험을 바탕으로 한 것이라면 아홉 번의 집필은 곧 같은 기억을 아홉 번 호출하는 작업이었을 것이다. 그러는 동안 기억은 왜곡된다. 진실은 무엇일까. 남자는 자신이 찻주전자를 선물한 걸 잊은 걸까. 아니면 어떤 이유에선가 그것을 부인할 필요가 있었던 걸까. 혹은 여자가 착각한 것은 아닐까. 여자는 어떤 심리학적인 필요에 의해 그것을 남자가 선물했다고 믿을 필요가 있었던 건 아닐까. 기억의 왜곡은 소설 속 인물에게서, 작가에게서, 그리고 독자에게서 일어난다. 나는 내가 기억하는 이야기가 아홉 작품 중 어떤 것인지 분명히 말할 수 없다.

무한의 기원에 대하여 *About The Origin Of Infinity*

앨런 브랫포드Allen Bratford,
런던London: 베이커하우스 프레스Bakerhouse Press, 1943

앨런 브랫포드의『무한의 기원에 대하여』는 주석만으로 이루어진 책이다. 본문이 인쇄돼 있어야 하는 자리는 텅 비어 있고 원래는 비어 있어야 할 사방의 여백에는 주석이 빽빽하게 적혀 있다. 이 책이 원래부터 이렇게 만들어진 건 아닐 테고 어떤 이유로 본문에 인쇄된 잉크가 모두 증발해버렸다고 생각할 수밖에 없다. 출간 시기와 장소를 고려해서 추측해보자면 전쟁 중의 물자 부족 때문에 품질이 떨어지는 종이와 잉크를 사용한 때문일 것이다. 시간이 흐르며 잉크는 자연스레 분해되며 사라졌고 날카롭게 깎은 연필로 여백에 세심하게 적어놓은 주석은 그대로 남아서 지금과 같은 모양이 된 것이다.

주석에 남은 내용이나 제목으로 미루어보건대『무한의 기원에 대하여』는 수학책이었을 것으로 짐작된다. 과연 주석에서는 괴델, 페르마, 유클리드, 튜링, 러셀, 프레게 등의 수학자의 이름을 찾을 수 있다. 가장 빈번하게 등장하는 이름은 당연하다는 듯이 게오르크 칸토어다. 수학자의 이름만 나오는 것은 아니어서 곳곳에 성경 구절이 인용돼 있고 카발라를 언급하는가 하면 동양 고전을 옮긴 구절, 악보가 적힌 곳도 있다(제이독에게 보여줘봤는데 그는 어깨를 으쓱일 뿐이었다). 다행히도 복잡한 수식은 거의 없다.

독자 이론에 따르면 한 권의 책을 완성하는 것은 독자의 독서다.『무한의 기원에 대하여』는 그 명제에 더할 나위 없이 좋은 예시가 될 것이다. 본문이 사라진 자리에는 이제 여백과 밑줄만 남아 있고 독자에게 주어진 건 주석자가 남긴 주석뿐이다. 저자가 남긴 글은 이름을 알 수 없는 주석자가 남긴 2차 텍스트로만 유추할 수 있을 따름이다. 배경 지식에 따라 그 유추의 범위와 정확성은 매우 달라질 것이다. 독자는 주석자가 남긴 사고의 흔적을 좇아 이번에는 역遡사고를 하며 원래 글을 찾아내려 하지만 이 노력에는 어떠한 보상도 없고 노력의 결과가 실패인지 성공인지도 알 수 없다. 그렇다면 남는 건 거의 무한에 가까운 자유다. 독자는 오직 자신의 상상만으로 이 책의 여백을 채워 나갈 수 있다.

이 책은 마치 독서가 독자 자신의 주석을 다는 일이라고 주장하는 것 같다. 현재의 우리가 이 책을 읽고 자신의 주석을 다는 것이 가능하다면, 우리의 주석에 대해 누군가 새로운 주석을 달 수도 있으리라. 모든 텍스트는 다른 텍스트의 주텍스트이거나 부텍스트이고 어쩌면 동시에 둘 다일 수도 있다. 그렇다면 모든 독서는 평등한 가치를 갖는다. 이 책에 실린 표현을 조금 빌리자면 모든 독서는 딸림dominant이 아니라 으뜸tonic이며 나비가 누군가의 꿈일 수 없듯 한 독서는 다른 독서의 그림자가 아니다. 우리는 책을 읽으며 동시에 책을 쓴다. 그것이 우리가 책을 읽을 때 일어나는 일이다.

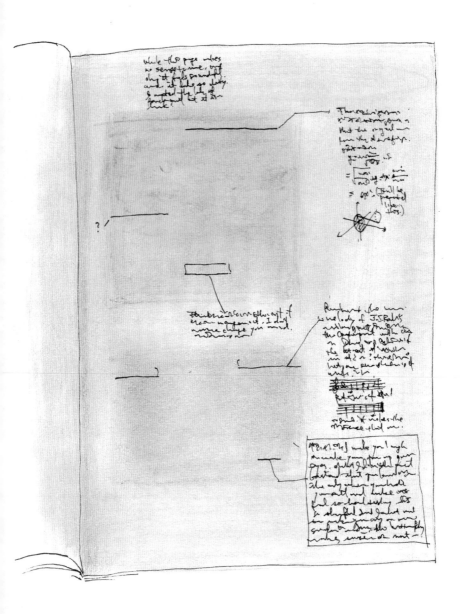

광대 *Jester*

존 본 코도로프 John Vaughn Kodorov,
루이스빌 KY: 페르 앤 앙스 Ferr & Anx, 1991

존 본 코도로프의 그래픽 노블 『광대』는 중세 유럽의 어느 소국의 궁정을 배경으로 한 네 편의 연작으로 구성돼 있다. 각각의 작품은 셰익스피어의 『맥베스』, 『햄릿』, 『리어왕』, 『오셀로』를 각색한 것이다.

　광대의 유소년기를 다룬 첫 번째 작품은 『맥베스』를 각색한 것이다. 소작농인 아버지가 자신을 감싸다 왕에 의해 불에 타 죽는 현장에서 어린 주인공은 얼굴과 몸에 끔찍한 화상을 입는다. 성장한 그는 추악하고 우스꽝스러운 모습과 독설로 왕의 관심을 끌어 궁정 광대가 된다. 광대는 왕의 사촌인 백작에게 거짓 예언을 들려줌으로써 왕을 죽이도록 만든다. 새로 왕에 오른 백작은 광대의 예언에 집착해 점점 더 많은 사람을 죽이다 끝내 파멸에 이른다.

　두 번째 이야기에서 광대는 새어머니를 독차지하려는 왕자를 부추겨 왕을 시해하도록 만든다. 왕비는 왕의 동생과 재혼한 후에도 아들과의 관계를 지속해 나간다. 근친상간과 강간, 감시와 밀고와 음모가 판치는 궁정 안에서 광대는 육체적, 정신적으로 끊임없이 학대당하면서도 자신을 둘러싼 모든 이들을 함정에 빠뜨릴 궁리를 멈추지 않는다. 결국 이들의 반인륜적인 치정은 그에 연루된 모든 사람을 죽음으로 몰아넣고서야 끝난다.

　세 번째 이야기에서 광대는 서로 미친 듯이 미워하는 세 딸들 사이에 낀 늙고 나약한 왕을 모시는 시종으로 등장한다. 광대는 미쳐서 들판을 떠도는 비참한 왕의 모습에서 환희와 공포와 연민을 동시에 느끼며 서서히 미쳐간다. 왕이 딸들에 의해 죽임을 당하자 광대는 왕의 옷을 입고 왕의 유령 행세를 하며 딸들이 전쟁을 일으켜 서로 죽이도록 만든다.

마지막 이야기에서 광대는 무어인 장군을 동경하고 흠모한다. 그런 감정을 알아챈 장군의 어린 부인은 광대를 놀리기 위해 장난을 꾸민다. 큰 수치를 당한 광대는 복수를 위해 장군에게 부인이 부관과 부정한 관계를 맺고 있다고 거짓말을 한다. 장군이 부인을 죽이고 자살한 뒤 광대도 스스로 목을 맨다.

존 코도로프는 정규 미술 교육을 거의 받지 않았다. 그는 처음에는 유소년용의 그림책을 그리다가 점차 만화와 그래픽 노블로 영역을 넓혀갔다.

단 몇 페이지만으로도 그의 그림의 특징들을 헤아릴 수 있다. 붓이나 마카 등 편리한 도구를 마다하고 넓은 면을 오직 펜만 이용해 채워 나가는 고집, 의상이나 장식, 벽면이나 태피스트리 등 디테일에 대한 집착, 불안과 공포를 조장하는 극단적인 명암, 인물들을 둘러싸고 있는 정체불명의 공간, 인물의 표정에 떠 있는 체념과 조롱 등.

LM에 따르면 코도로프의 작화는 에드워드 고리와 여러모로 닮았다. 이를테면 감정의 주조가 공포와 불안인 점, 오직 펜만을 이용한 점, 화면 크기의 변화 없이 한 면에 그림을 가득 채우고 반대면에 글을 배치하는 방식 등이 그 예인데, 단 코도로프에게서는 시점의 이동, 인물과의 거리, 명암의 대비, 인물의 비례 등에서 영화의 영향이 많이 보인다. 즉 그의 화면 구성은 공포영화의 미장센에서 가져온 것이고 장면 전환은 영화의 몽타주에 해당한다는 것이다. 한마디로 말하자면 코도로프는 고리보다 '덜 회화적'이고 '더 영화적'이다.

내용에서는 어떨까. 광대의 출생과 성장, 죽음에 이르는 생애를 묘사한 일련의 이야기는 앞서 적었듯 셰익스피어의 희곡을 번안한 것이다. 『광대』의 광대는 맥베스를 부추기는 마녀, 오셀로를 의심에 빠뜨리는 이아고, 리어왕의 충실한 몸종, 햄릿의 양심(혹은 죽은 광대) 등의 임무를 맡는다. 그런 면에서 코도로프의 이야기들은 셰익스피어의 원작에 여전히 충실하다고 할 수 있다. 생략과 과장, 변용이 있지만 이야기의 틀은 그대로 유지되는 것이다.

그러나 한계가 분명한 그림과 앙상한 서사의 만남에서도 불꽃은 타오른다. 코도로프의 그림과 글은 나란히 놓일 때 서로 협력하고 반목하면서 리듬감을 만들어낸다. 둘의 충돌은 거의 음악적이라고 할 수 있다. 여백은 그 충돌의 울림을 더욱 깊게 만든다. 이에 주목해 책을 다시 한 번 주의 깊게 읽으면—다 읽는 데 30분도 채 걸리지 않는다—작품의 무게중심이 훌륭한 그림이나 빼어난 이야기가 아니라 바로 그림과 글의 충돌에 있다는 것을 알게 된다. 그림과 글의 상호작용은 모든 그림책 작가들이 항상 염두에 두는 과제다(라고 LM은 말했다). 코도로프가 그리려 했던 것은 그래픽 노블이 아니라 성인을 위한 그림책이었을 것이다. 아쉽게도 우리의 독서 문화에는 그런 책을 가리키는 말이 없다. 아직은 그렇다. 코도로프 같은 이가 계속 이런 작품을 만들어내고, 그런 작품을 찾는 성인 독자들이 늘어나고, 성인을 위한 그림책 시장이 점차 넓어진다면 그에 걸맞은 이름이 만들어지리라. 그래픽 노블 같은 낯간지러운 이름 말고.

앳킨스 씨에 대해

앳킨스 씨는 조금 작고 마른 편에 얼굴이 창백한 60대의 남자다. 그는 숱이 거의 없는 은발을 정성껏 빗어서 머리에 딱 붙였고 늘 몸에 잘 맞는 깨끗하고 좋은 옷을 입었는데 가까이 가면 은은한 향수 냄새가 풍겼다. 그는 나이치고는, 또 호펜타운 사람치고는 꽤 멋을 내는 편이었다. 그래서 그는 옷이라고는 여름옷, 겨울옷 정도의 구분밖에 없는 BP나 윌킨스 씨 같은 사람과는 아주 달라 보였다.

앳킨스 씨는 거의 매일 도서관에 왔다. 오전 열 시가 그가 도서관에 오는 시간이었다. 그는 손잡이를 잡은 쪽 어깨에 무게를 실어서 힘들이지 않고 문을 열고는 몸을 가볍게 반 바퀴 돌리면서 도서관 안으로 들어왔다. 그러고는 물 위를 흘러가는 듯한 부드러운 걸음으로 늘 앉는 자리로 향했다. 책을 읽는 자세도 늘 반듯하고 꼿꼿해서 몸을 가만두지 못하는 아리스에게 본을 보이고 싶을 정도였다. 그는 점심시간에 식사를 하러 나갔다가 오후에 다시 돌아왔고 도서관이 문을 닫을 즈음이 돼서야 돌아갔다.

나는 그와 몇 번 말해볼 기회가 있었는데 그는 발음이 분명하고 부드러운 목소리로 마치 노래를 부르거나 연설하는 것처럼 말했다. 나는 막연히 그가 영국인일지도 모른다고 생각했다. 아마 그의 억양이나 태도 때문에 그런 생각을 하게 된 것 같다. 그는 나와 눈이 마주치면 부드럽게 웃으며 살짝 고개를 숙여 인사했다. 윌킨스 씨가 언젠가 내게 가만히 다가와 그가 게이인 걸 아느냐고 묻길래 전혀 몰랐다고 대답했다.

앳킨스 씨가 읽는 건 주로 소설이나 희곡 등이었는데 가끔은 소네트 같은 고전 시가를 읽기도 했다. 그는 때로는 방금 읽은 구절을 음미하기라도 하듯 한참 동안 눈을 감고 있기도 했다. 너무 오랫동안 눈을 감은 채 가만히 있어서 혹시 잠든 건 아닌지, 무슨 일이 생긴 건 아닌지 걱정될 때도 있었다.

은퇴한 노인이 도서관을 출입하는 건 아름다운 일이다. 그들은 대개 조용하고 부지런한 이용자들이어서 긴 시간 동안 가만히 책을 읽다가 돌아간다. 그들은 어떤 실용적 목적도 없이 오직 지적 호기심을 채우기 위해, 지난날 정신없이 살아오느라 흘려버린 시간을 보상받고자 도서관에 온다. 그러나 이제 삶의 시간은 얼마 남지 않았고 그들에게는 세계의 가능성이 닫혀 있다. 남은 것이라고는 쇠해진 몸과 마음, 그리고 책을 읽는 것 말고 달리 할 수 있는 일이 없는 공허한 시간뿐이다.

노인이 어디에서 오는지는 알지만 그들이 어디로 가는지는 모른다. 그들은 책을 읽으며 자신의 삶을 읽지만 자신이 무엇을 읽었는지는 알려주지 않고 떠난다. 그들에게는 그것을 말할 시간이 없다. 그들이 말없이 읽은 것은 그들의 정신과 육체와 마찬가지로 모래와 먼지로 돌아간다.

LM은 나와는 조금 생각이 달랐다. 그녀는 삶은 언제까지나 충실한 순간의 연속이고 우리 안에 아직 아이가 있듯 노인의 안에도 여전히 젊음이 있다고 말했다. 나도 그 말에 동의하지만 그러면 그들이 읽은 건 모두 어디로 가느냐고 물었더니 그녀는 읽은 게 꼭 어디로 갈 필요는 없지 않느냐고 되물었다. 자기 생각에는 읽고 마음속에 담아두는 것만으로도 충분히 의미 있는 일이며 그러다 어떤 것들은 자기도 모르게 저절로 나타나는 것 같다고 말했다. 내가 그 일에 대해 생각하는 동안 조명이 어두워지며 무대가 밝아지더니 낯익은 얼굴이 조명 한가운데로 들어왔다.

우리가 그날 저녁 간 곳은 작은 공연을 하면서 식사와 술을 함께 파는 곳이었다. 무대에 올라온 것은 앳킨스 씨였다. 그의 목소리와 억양은 무대에 아주 잘 어울렸다. 그는 자신은 지금 코미디를 하고 있지만 예전엔 연극배우였다고 했다. 그리고 이제 연극을 소재로 코미디를 할 건데 그 전에 먼저 연극에 대해 간략한 강의를 하겠다고 했다. 그는 사람들에게 혹시 「관객모독」이라는 연극을 아느냐고 묻고는 그 연극의 의의를 간략하게 설명한 다음 이제 테이블로 다가가서 여러분의 지갑을 뒤지고 아름다운 여성에게는 키스를 할 텐데 그건 다 예술적인 행위이므로 그런 것에 화를 내는 건 몰지각한 일이라고 말했다.

그는 연극배우여서 좋았던 점이 셰익스피어의 인용구를 많이 외우는 것이라면서 몇 개의 독백을 외웠다. 그리고 그것들을 영국식 발음으로 하면 더 고상하고 아름답게 들린다면서 시범을 보였다. 안 좋았던 점은 아내가 바람을 피우는 현장을 목격했을 때 자기도 모르게 「오셀로」의 유명한 독백이 튀어나와버린 것이다. 그것도 영국식 발음으로.

앳킨스 씨의 코미디의 반은 연극이었다. 그는 유명한 연극의 한 부분을 연기한 다음 그걸 소재로 재담을 이어갔는데 연기를 할 때의 그는 몹시 진지해서 관객들도 덩달아 숨죽이게 했다. 그건 누군가를 헐뜯거나 조롱해서 웃음을 만들어내는 것보다는 훨씬 나은 일인 듯싶었다.

그는 마지막에는 최근에 도서관에 다닌다는 이야기를 했는데 도서관 직원이 자기가 게이인 줄 안다면서 그런 오해에 힘입어 그 직원을 유혹해볼까 생각 중이라고 말했다. 그리고 마침 그 직원이 여기에 왔다면서 우리 테이블로 다가와서는 반갑게 인사했다. 그는 내 옆에 있는 LM을 발견하고 의미심장한 표정을 짓더니 내게 혹시 「관객모독」이라는 연극을 아느냐고 물었다. 내가 안다고 말하자 그는 LM의 옆에 앉아 어깨에 팔을 두르고 자신은 사실 게이가 아니라고 말하고는 그녀의 볼에 입을 맞췄다. 그러자 LM도 앳킨스 씨의 볼에 입을 맞췄다.

도서관으로 함께 돌아오는 길에 나는 「맥베스」의 한 구절을 빌려 '그 노인의 마음에 그토록 많은 웃음이 있었을 줄 누가 알았으랴' 하고 말했다. 그러자 그녀는 그 문장을 영국식 발음으로 되풀이했다. 돌아오는 내내 우리는 '웃음'의 자리에 다른 낱말들을 하나씩 집어넣어보았다. 재치, 아름다움, 계획, 소망, 확신, 약속, 재능, 희망, 사랑, 미래⋯⋯.

폭풍 속의 줄 *Jules In Storm*

아바 누엘벡Abba Nuellvec, 토론토 ON: 바이외 북스Bayeux Books, 1988

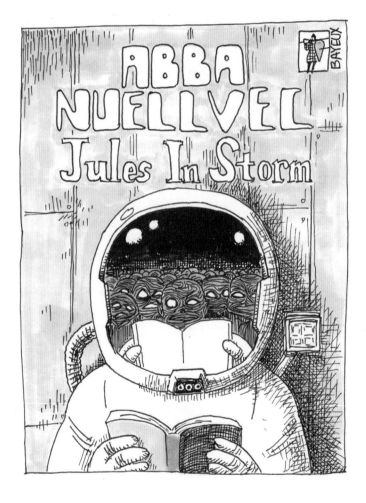

줄이 사는 마을은 외부와의 교통이 거의 차단돼 있다. 열여덟 살이 되면 아이들은 장차 어른이 돼 할 일을 배정받고는 죽을 때까지 그 일을 한다. 다른 아이들이 농부, 목수, 관리자, 파수꾼, 모험가가 될 때 줄은 사서의 임무를 받는다. 줄은 마을의 하나뿐인 늙은 사서에게 읽고 쓰는 법을 배우면서 커간다.

사서는 마을의 책을 온전하게 관리하고 사람들에게 그것을 읽어주는 일을 한다. 마을에는 책이 100권 있고 줄은 그 모든 것을 거의 외울 지경으로 반복해서 읽는다. 책들은 하나같이 낡아서 어떤 책들은 종잇장이 거의 바스러질 지경이다. 만약 그 책 중 하나가 더 이상 읽을 수 없을 정도로 망가진다면 줄은 새로운 책을 찾으러 떠나야 한다. 책을 얻을 수 있는 곳은 중앙도서관밖에 없는데 그 중간에는 몰록의 땅이 있다.

줄의 친구인 한의 실수로 책들이 몇 권 파괴되자 전임 사서는 수도에 도움을 요청한다. 몇 주 뒤 이방인이 마을에 도착한다. 그는 줄을 중앙도서관으로 데려갈 안내인 임모다. 줄은 임모, 파수꾼 베일과 함께 길을 떠난다. 여기에 책임감을 느낀 한, 줄의 충실한 친구인 폰이 무리에 합류한다.

여행을 하며 줄은 이 세계의 이상한 점들에 대해 의문을 갖기 시작한다. 왜 이 세계는 책에 나오는 세계와는 다르게 생겼는지, 즉 왜 하늘과 땅 대신 벽과 계단과 통로로 이루어져 있는지, 그렇다면 벽 너머에는 무엇이 있는지, 왜 어떤 문은 열리고 어떤 문은

열리지 않는지, 왜 마을의 어떤 어른들은 어느 날 갑자기 사라지는
지, 그들은 사라져서 어디로 가는지 등등. 그렇게 사라진 어른 중
에는 쥴의 엄마도 있었다.

쥴의 일행은 기이한 장치, 아슬아슬한 절벽 등을 지나면서, 몰
록의 무리와 마주치거나 피하면서, 그때마다 행운과 용기와 희생
의 도움을 입으며 중앙도서관을 향해 나아간다. 그러는 동안 벽 바
깥에서 이제껏 경험해보지 못한 강한 폭풍이 다가온다는 것을 알
게 된다. 그들 모두는 물론이고 몰록의 나라까지 모두 날려버릴 만
한 강한 폭풍이었다.

몰록에게 쫓기면서 동료와 떨어져 가까스로 책을 찾아낸 쥴
은 폭풍을 피할 곳을 찾아 숨어 들어간다. 그러나 그곳에는 쥴과
마찬가지로 폭풍을 피하러 온 수백의 몰록이 있었다. 나가면 폭풍,
남으면 몰록에게 죽임을 당하는 상황에서 쥴은 자신이 할 수 있는
유일한 일을 한다. 쥴은 책을 소리 내 읽기 시작했다.

간단한 줄거리만으로도 누엘벡의 『폭풍 속의 쥴』이 톨킨의
『반지의 제왕』의 구조를 그대로 따르고 있다는 걸 알 수 있다. 『반
지의 제왕』의 열렬한 독자라면 쥴과 동료들의 성격이나 능력, 관
계에서 프로도 배긴스와 그의 동료들의 모습을 어렵지 않게 발견
할 수 있을 것이다. 그러나 톨킨의 작품 역시 북유럽 신화에 기댄
바가 크다는 걸 감안하면 누엘벡이 톨킨을 참조했다고 해서 큰 흠

이 될 것 같지는 않다. 누엘벡이 자신의 괴물들을 만드는 데 참고했을 몰록 역시 야만적이고 호전적이라는 점에서 톨킨의 오크를 연상시키지만 실은 웰스의『타임머신』에 나오는 것이다.

『폭풍 속의 쥴』의 독특한 점이라면 판타지로 보이는 이 소설이 중반으로 넘어가면서 이 세계의 진실에 대한 실마리를 하나씩 제시하다가 마지막에 가서 SF라는 자신의 진짜 장르를 드러낸다는 점이다. 이 소설은 '충분히 발달한 과학은 마법으로 보인다'는 말의 조금 뒤틀린 예가 될 수 있을 것이다. 그들이 마법이나 고대의 신비한 힘으로 여기던 것들이 선사시대의 과학기술이라고 밝혀지기 때문이다. 독자는 '임모'가 안드로이드라는 것, 이들의 세계가 성간을 운행하는 세대 우주선이라는 것, 몰록은 우주선宇宙線으로 인해 기형적으로 변형된 인간이라는 사실 등을 차례로 알게 된다.

기술과 지식을 잃어가며 쇠퇴해가는 문명의 안타까움을 그린 소설은 마지막에 깜짝 놀랄 장면을 보여준다. 셔틀을 타고 몰록의 구역을 탈출하는 쥴의 눈앞에 암흑 속에 떠 있는 거대하고 아름다운 푸른 구체—아마도 지구—의 모습을 펼쳐놓은 것이다. 그 순간 우리는 쥴의 경이, 동경, 기쁨, 희망을 함께 느낀다. 그리고 자기 앞에 펼쳐진 풍경이 무엇을 뜻하는지 모르는 쥴을 마음속으로 응원하게 되는 것이다.

썩은 난초 *Rotten Orchids*

시드 엘머 Sid Elmer, 내슈빌 TN: 테일러 북스 Taylor Books, 2001

로맨스 소설에는 뚜렷한 공식이 있는 것 같다. 주인공 여성은 독자—이 장르의 주된 독자는 젊은 여성이다—가 충분히 감정 이입할 수 있도록 평범해야 하며 동시에 앞으로 일어날 로맨스에 개연성을 부여할 수 있을 정도로 충분히 매력적이어야 한다. 상대편 남성은 대개 여성보다 사회적으로 우월한 위치에 있는데 지적으로는 뛰어나지만 성격은 오만하고 어리석기 그지없는 게 보통이다. 변화는 대개 남성의 몫인데 그는 여성의 고결함과 매력에 눈뜨면서 개과천선하거나 여성의 도움을 받아 마음의 벽을 허물면서 마침내 여성의 사랑을 얻어내는 데 성공한다. 이 공식에서 여성은 내면적 가치의 신봉자로서 도덕적으로 더 우월하며 남성은 겉으로 드러난 것과는 달리 내면은 유아적이어서 교화의 대상이 된다. 이렇듯 로맨스 소설의 플롯은 역설과 이율배반으로 넘쳐난다.

BP는 로맨스 소설은 두 성의 전통적인 상호교환, 즉 재화와 성의 거래를 둘러싼 양측의 첨예한 전략적 대립을 여성의 입장에서 미화한 것이라고 주장한다. 즉 로맨스 소설이 여성의 사랑과 결혼에 대한 판타지를 형상화했다는 것이다. 그는 자신의 생각이 냉정하거나 속물적으로 보일 수 있다는 것도, 로맨스 소설을 읽는 제대로 된 방법이 아니라는 것도 인정한다. 그러나 로맨스 소설이 남녀 사이의 전쟁을 여성 중심으로 개작한 판타지라는 주장을 철회할 생각은 없다고 말했다.

내 생각을 말해보자면, 나 역시 로맨스 소설이 일종의 판타지라고 믿는다. 슈퍼히어로가 악당의 위협으로부터 세계를 구원하고 영웅이 위기에 빠진 왕국을 구해내듯 연애와 사랑은 외로움에 지친 남녀 주인공을 구원한다. 연애담은 영웅담에 버금갈 정도로 유서 깊은 장르가 아닌가. 영웅이 결국 승리를 쟁취하고 선을 이룩하듯 연인은 사랑을 통해 인생의 의미를 되찾는다. 비록 그것이 판타지에 불과하다 할지라도 인간에게는 그런 환상이 필요하다.

『썩은 난초』 역시 넓은 의미로는 로맨스 소설에 해당한다고 할 수 있을지도 모른다. 200페이지가 되지 않는 이 소설의 주인공은 이름 없이 '나'라고만 나온다. 소설은 40대 이혼남인 내가 두서없이 적어 내려간 애정 행각의 기록인데 4페이지를 넘기지 않는 짧은 장이 어떤 인과도 없이 이어진다. 작가는 이야기의 순서를 무시하고 느닷없이 예전의 사건을 꺼내 자세히 서술하기도 하고 어떤 일의 정황을 세세히 묘사하거나 사건에 대한 서술은 생략한 채 어느 날의 심리 상태를 파헤치기도 한다.

서사의 혼란에 더해 독자를 더욱 당황스럽게 만드는 것은 '나'의 연애 상대가 계속 바뀐다는 점이다. 로맨스 소설의 독자가 막연히 기대하는 '희생을 통한 진정한 사랑의 완성'이라는 가치는 처음부터 포기된다. 독자는 감정적 일치를 경험할 수 없는 화자에게 곧 혐오와 염증을 느끼게 된다. 소설의 5분의 1에 이르기도 전에 그런 일이 일어난다. 한마디로 말하자면 이 책은 읽는 재미가 없다. 읽어야 할 이유도 찾을 수 없다. 롤랑 바르트의 『사랑의 단상』에서 경험할 수 있었던 지적이고 감정적인 쾌락 대신 『썩은 난초』에는 자기 연민의 역겨운 가식이 넘쳐난다. 그 가식의 밑에 자리하고 있는 것은 사랑하지 않으면서 사랑받고 싶은 마음, 희생하지 않으면서 희생을 요구하는 마음, 상처를 주되 상처받지 않으려는 마음, 즉 사랑에 관계된 가장 유아적이고 이기적인 욕망이다.

피상적이고(그는 상대를 마음속 깊이 생각하는 법이 없다) 연속적이며(그는 한 연애 관계가 끝나면 재빨리 다른 연애 관계를 시작함으로써 앞선 연애의 공허를 메우려 한다) 중복적이기까지 한(그는 거의 언제나 둘 이상의 여자와 관계를 맺고 있다) 연애 관계에 대해 읽다 보면 타인에게 아무렇지 않게 상처를 주는 그에게 화가 나다가 이렇게밖에는 살지 못하는 그가 한심해지다가 어느 순간부터는 이 사람은 왜 이런 연애를 할 수밖에 없는 걸까 궁금해진다. 덕분에 책을 덮을 때쯤에는 맹목적으로 사랑과 이해와 관심을 갈구하는 화자에 대한, 또 보편적 인간 존재에 대한 연민이 조금 든다는 점이 이 책이 가진 그나마 최소한의 미덕이랄까.

작가인 시드 엘머에 대해서는 알려진 바가 없다. 그의 이름이 섹스 피스톨즈의 시드 비셔스와 어떤 관계가 있는지는 모르겠지만(소설 제목의 '로튼'은 섹스 피스톨즈의 리더였던 자니 로튼을 연상시킨다) 시드에게 낸시 스펑겐이 있었듯 '나'가 언젠가 자신의 낸시를 찾아내기를 바란다. 그러나 내 생각을 말해보자면 그는 이미 자신의 낸시를 만났고 그 사실을 모른 채 그녀를 떠나보냈고 그 사실을 뒤늦

게 깨닫기는 했지만 도대체 그 많은 여자 중 누가 낸시였는지는 끝
내 몰랐기 때문에 그걸 알고자 이 책을 썼으리라는 것이다.

재니스 허시필드에 대해

　호펜타운은 평화로운 곳이다. 하늘은 맑고 공기는 투명하다. 거리는 깨끗하고 치안 상태도 좋다. 봄이 오면 들판 가득 꽃이 피어난다. 여름에 호숫가에서 모기가 날아오는 때와 건조하고 차가운 바람이 먼지를 실어오는 겨울의 한때를 제외하면 날씨도 대개 좋은 편이다.

　동시에 호펜타운은 활기가 없는 곳이다. 건물은 낡고 녹슬어 있다. 거리를 지나는 사람들의 웃음에는 익숙한 체념이 깃들어 있다. 크랜베리 축제 때 관광객이 찾아오는 걸 제외하면 외부인이 방문하는 일도 드물다. 물론 그 축제마저도 추수감사절과 겹쳐 인근 도시에 사는 사람들만 잠깐 들를 뿐이다. 저녁이 되면 사람들은 회관에 모여 빙고를 하거나 술집에 모인다. 젊은이들은 차를 몰고 먼 도로에 나가 속도를 내거나 으슥한 곳에서 사랑을 나눈다. 그리고 새벽이 오면 다시 똑같은 하루가 시작된다.

호펜타운의 아이들은 거리와 들판을 뛰어다닌다. 어른들은 아이들에게 차가 다니는 길을 뛰어 건너지 말라고, 숲 깊은 곳에 들어가지 말라고, 호수에서 헤엄치지 말라고 잔소리한다. 아이들은 어른들의 말에는 아랑곳하지 않고 웃고 떠들고 소리치며 뛰어다닌다. 그러나 웃음이 그친 자리에 침묵이 스며들어 오면 아이들은 서둘러 집으로 돌아간다. 그들은 언젠가 호펜타운을 떠나기를 바라며 자란다. 그들 중 일부는 바람을 이루지만 나머지는 호펜타운을 떠나지 못하고 호펜타운의 남자와 여자가 된다. 호펜타운의 여자들은 아름다움을 잃으며 살아간다. 호펜타운의 남자들은 용기를 잃으며 살아간다. 그들은 자신이 외롭다는 걸 깨닫지 못한 채 외로움에 익숙해진다.

재니스 허시필드는 서른여섯 살의 여자다. 그녀는 갈색이 도는 광택 없는 금발을 어깨 정도까지 기르고 화장기 없는 얼굴로 일주일에 두 번 정도 도서관에 나타난다. 그때마다 마당에 쓰레기봉투를 내놓으러 잠시 나갈 때 입을 법한 옷에 헐렁한 카디건을 걸치고 있다. 커피를 담은 보온병과 노트, 휴지 따위가 들어 있는 헝겊 가방은 그녀의 표정처럼 축 처진 채 한쪽 어깨에 걸려 있다. 누구라도 그녀를 보면 단번에 그녀가 아주 외로운 삶을 살고 있다는 걸 알아차릴 것이다. 그리고 그녀가 전형적인 호펜타운의 여자라는 것도.

재니스는 학교를 졸업하며 이곳을 떠났다가 어느 날 문득 돌아와 있었다. 결혼해서 아이를 낳았다는 이야기는 들었지만 돌아왔을 때는 어쨌든 혼자였다. 무슨 일을 하는지는 모르겠다. 들려오는 이야기로는 가끔 게일 대학에 드나든다고 했다. 시민 학교에라도 다니는 거겠지.

내가 재니스에 대해 이나마 아는 것은 우리가 학교를 함께 다녔기 때문이다. 친한 사이라고는 할 수 없고 그저 말을 몇 마디 나눠봤을 뿐이다. 당시의 재니스는 지금보다 감정 표현이 훨씬 많은 여자애였다. 말이 많은 편은 아니었고 가끔 혼자 떨어져 깊은 생각에 잠겨 있기도 했지만 이내 다른 아이들과 어울려 웃고 떠들었다. 성격이 활발해 사교성이 좋거나 눈에 확 들어올 정도로 예쁜 얼굴은 아니었지만 어딘가 신비한 분위기가 있었다.

처음 그녀가 도서관에 왔을 때 나도 모르게 반가운 마음에 인사를 건넸다. 재니스는 아, 라고만 짧게 대답했다. 표정에 별 변화가 없길래 나를 못 알아보는 줄 알고 함께 수업을 들은 적이 있다고 알려줬다. 그러자 그녀는 '알아' 하고 말하고는 그대로 입을 다물어버렸다. 그게 전부였다. 그녀는 무표정한 얼굴로 눈을 내리깐 채 대화가 끝나기를 멍하니 기다리고 있었다. 엉킨 머리카락과 창백한 얼굴, 웃음기라고는 없는 눈의 표정, 낡은 옷을 보고 그녀가 예전에 알던 그 재니스 허시필드가 아니라는 걸 곧 깨달았다. 재니스에게서는 세상과 동떨어져서 고립된 채 살아가는 사람의 냄새—물론 그건 낡은 옷장과 옷장용 방충제 냄새였지만—가 났다. 내가 더 이상 아무 말 않자 그녀는 느리게 움직여 내 앞을 떠났다.

그 뒤로 도서관에 올 때마다 그녀는 조용한 걸음으로 내 앞을 지나쳐 곧장 서가로 향했다. 그녀는 마치 나라는 사람이 없는 것처럼, 아니 아예 도서관에 자신과 책 외에 다른 사람은 아무도 없는 것처럼 행동했다. 그녀는 도서관의 누구에게도 눈길을 주지 않고 자기 자리에 앉아 조용히 책을 읽었고 떠날 때도 왔을 때처럼 아무 소리 내지 않고 조용히 사라졌다. 아리스—이제는 다른 이용자들과 제법 친해졌다—도 재니스에게는 다가가지 않았다. 아마 그녀에게서 나오는 무언의 접근 금지 신호를 알아차린 건지도 모르겠다.

아닌 게 아니라 재니스 주위에는 공기의 벽이 있는 것 같았다. 소리는 공기를 진동해서 전달되는데 재니스의 벽은 그 소리들을 흡수했다. 그래서 재니스에게서는 아무 소리도 들려오지 않았고 벽 밖의 소리도 재니스에게는 전달되지 않았다. 공기의 벽은 소리만이 아니라 시선도 흡수했다. 재니스는 분명 거기 있는데도 보이지 않는 사람 같았다. 똑바로 보면 보이지만 조금만 시선을 돌려도 금방 보이지 않게 돼버려 몇 시간 동안 그 자리에 있어도 알아챌 수 없는 그런 사람이었다. 그녀 주위의 공기의 벽은 분명 그 자리에 있는 게 느껴지는데도 보이지도 만져지지도 않았다. 그저 누군가 그 근처에 다가가려 하면 조용하고도 완강히 밀어낼 따름이었다.

호펜타운의 침묵, 호펜타운의 고독, 호펜타운의 우울을 의인화할 수 있다면 그건 분명 재니스 허시필드의 모습을 하고 있을 것이다. 어렸을 때의 그녀의 눈빛은 호펜타운의 하늘처럼 투명했고 웃음은 햇살처럼 눈부셨다. 그녀의 아름다움처럼 호펜타운도 과거에 짧게 영광을 누린 시기가 있었다. 그러나 그것들은 모두 사라졌다. 이제 그녀에게서는 아무 소리도 들려오지 않는다. 호펜타운이 조용한 도시가 된 것처럼. 그녀에게도 호펜타운에도 새로운 일은 일어나지 않는다. 누구도 이들을 찾지 않는다. 할 수 있는 일이라고는 긴 내리막을 지루하게 내려가는 것이 전부다. 방충제 냄새를 풍기는 옷을 입은 채 침묵 속에서 영원히.

"이 빌어먹을 개자식아!"

하고 재니스 허시필드가 소리쳤다.

그 외침은 너무도 갑작스러워서 그녀 자신도 놀란 것 같았다. 나를 포함한 도서관 안의 전부가 그녀를 똑바로 쳐다봤다. 침묵을 깨뜨려서 화를 내거나 하는 건 아니었고 도대체 무슨 일로, 그리고 누구에게 그런 욕을 했는지, 뭔가 곤란한 일이나 억울한 일을 당한 건 아닌지 궁금해하는 눈빛이었다. 재니스는 당황해서 허겁지겁 짐을 챙기더니 말이 안 되는 소리로 도서관 안의 모든 사람을 향해 몇 번이나 큰 소리로 사과를 하고는 도서관을 빠져나갔다.

그녀가 당황해서 서가에 거꾸로 꽂아놓고 간 책은 시드 엘머의『썩은 난초』였다. 앳킨스 씨는 책 제목을 확인하고는 눈썹을 으쓱인 뒤 자기 자리로 돌아갔다.

재니스는 몇 주 뒤 다시 나타났다. 그녀는 내 책상으로 곧장 다가오더니 심호흡을 한 번 하고는 재빨리 지난번에 소란을 떨어서 미안하다고 말했다. 그리고 그때의 일은 전혀 본의가 아니었으며 자기는 원래는 도서관을 조용하게 이용하는 사람인데 그때는 책을 읽다가 내용에 분개해 자기도 모르게 큰 소리를 한 번 질렀던 것뿐이라고, 물론 그 어구가 터무니없이 직설적이기는 했지만, 만약 그런 이유로 도서관 출입을 금지당한다면 그건 불공정한 처사일 뿐만 아니라 고등학교 때 친했던 사이에 대한 예의도 아니라고 말했다. 나는 재니스에게 책을 읽다가 비명을 지르는 일은 드물지만 있을 수 있는 일이니 신경 쓰지 않아도 좋으며 잘 기억나지 않지만 우리가 고등학교 때 친한 사이였던 게 맞냐고 물었다. 그녀는 호펜타운은 작은 곳이니까, 하고 대답했다. 내가 아 그렇군 하는 의미에서 아, 라고 대답하자 그녀도 나를 따라서 아, 라고 대답했다. 무슨 뜻에서였는지는 모르겠지만.

그날 도서관을 떠나면서 재니스는 가방에서 책을 하나 꺼내 내밀었다. 도서관에 기증하는 건 줄 알고 기증확인서를 준비하려 하니 내게 주는 거라고 했다. 그건 제인 드류Jane Drew라는 시인이 쓴『빗방울과 마을The Raindrops And The Town』이라는 제목의 시집이었다. 작가 소개에 실린 시인은 옆얼굴을 머리카락으로 가리고 있었는데 아무래도 재니스인 것 같았다. 나는 이거 혹시 너 아니냐고 물었다. 재니스는 대답은 하지 않고 말없이 조금 웃었다. 그건 숨어 사는 시인에게 어울리는, 그리고 참으로 호펜타운다운 웃음이었다.

스도큐빅스 *It's Sudokubics!*

세냐 가자니엑Senja Garjanieck,

알톤 NH: 마인드캐슬 퍼블리싱Mindcastle Publishing, 2002

세냐 가자니엑은 아마추어 수학광이다. 그는 메이햄 기술고등학교를 졸업한 뒤 철강 기술자로 일하면서 혼자 틈틈이 수학을 공부했다. 수학자 대신 수학광이라 부르는 데서 그의 연구의 분야나 깊이 등을 짐작할 수 있을 것이다. 그는 수식이 꼭 필요하지는 않은, 복잡한 연산이 아니라 수학적 직관이 필요한 분야에 심취했다. 흥미로운 주제가 생기면 미친 듯이 빠져들었다가 고등수학으로 넘어가려는 지점에서 멈추고 다른 주제로 넘어가기를 반복하느라 높은 수준에는 이르지 못했지만 덕분에 그의 수학 지식은 폭넓게 형성됐다. 그는 자신이 대단히 우수한 두뇌를 갖고 있으며 불우한 환경만 아니었다면 수학자로 명성을 쌓아 부와 명예를 얻을 수 있었을 거라 믿었다.

대학의 문화센터에서 열린 수학 퀴즈쇼에 참가했다가 일반 부문에서 2등을 한 일이 계기가 돼 그는 1년간 잡지에 수학 퀴즈를 기고하는 행운을 얻었다. 약간의 고료에 만족하지 못한 세냐 가자니엑은 본격적으로 수학 퀴즈 모음집을 만드는 일에 뛰어들었다. 경력이라고는 작은 퀴즈쇼에서 입상한 게 전부인 그가 책을 내는 건 쉬운 일이 아니었지만 끈질긴 도전 끝에 첫 책을 내게 됐다.

이 일을 계기로 그는 다니던 공장을 그만두고 전문 집필자로 나섰다. 그는 온갖 분야의 퀴즈를 만들어냈는데 모두 그가 언젠가 한 번은 푹 빠져본 분야였다. 그의 장기는 숫자와 도형을 이용한 퍼즐이었다. 그의 퍼즐은 괴짜가 생각할 만한 것들이었는데, 이를테면 그가 만든 스도쿠 퍼즐은 전통적인 9×9의 크기가 아니라 기본적으로 한 변에 15칸까지 있었고 정사각형이 아닌 변형된 모양의 도형들이 큰 정사각형 안쪽을 채우고 있었다. 탱그램도 직접 새로운 모양을 디자인했다. 입체 도형을 이용한 퍼즐을 계획하면서 이제까지 세상에 나온 모든 캐스트 퍼즐의 해법을 담은 책을 내겠다는 야망을 품기도 했다.

수학 퍼즐 책을 만들던 그는 새로운 퍼즐로 사업을 해보겠다는 생각을 품게 됐다. 가자니엑이 보기에 대중은 수학에 열광할 준비가 돼 있었다. 20세기 말에 세계를 휩쓴 루빅스 큐브가 좋은 예였다. 그는 다양한 퍼즐의 시제품을 만들어 월마트나 학교, 유치원, 정부 교육위원회를 돌아다녔다. 그는 자신의 퍼즐이 매우 독창적이어서 이제껏 있었던 그 어떤 수학 교구보다 더 지능 발달에 도움이 된다고 선전했다. 실제로 그렇게 해서 만들어진 몇몇 제품은 대량 생산되기도 했다.

그러나 그의 퍼즐 중 가장 성공적이었던 스도큐빅스는 독창성과는 한참 거리가 먼 것이었다. 그것은 세상에서 가장 성공한 퍼즐 두 가지—책 표지에 그렇게 나온다—를 합친 것으로 바로 스도쿠와 루빅스 큐브의 결합이었다. 차이점이라면 전통적인 가로세로 세 칸씩 대신 네 칸씩, 한 면에 모두 16개의 숫자 타일이 붙어 있다는 정도였는데 각 타일에는 1부터 16까지의 숫자가 쓰여 있고 한 면에 해당하는 16개의 타일은 같은 색으로 돼 있었다. 스도큐빅스에서 한 타일은 가로, 세로로 같은 줄에 같은 숫자가 나와서는 안 되며 한 면은 같은 색으로 통일돼야 한다. 그것은 평면에서 하는 스도쿠를 입체로 구현한 것으로 스도쿠와 큐브를 동시에 할 수 있도록 만들어졌다. 말하자면 3D 스도쿠랄까. 그래서 가자니엑은 여기에 '스도큐빅스'라는 이름을 붙였다.

책의 본문에는 스도큐빅스의 조작법, 타일을 원하는 위치로 옮기는 몇 가지 알고리즘—저자에 따르면 이 알고리즘만으로도 본문에 소개된 모든 문제를 풀 수 있다—에 이어 100여 개의 연습 문제가 실려 있다. 표지에는 스도큐빅스가 동봉돼 있다고 나오지만 VK가 기증한 책에는 스도큐빅스가 딸려 있지 않아서 실제로 해볼 수는 없다.

파리의 나날 *Days In Paris*

고든 매크럴Gordon Mackerel, 시카고 IL: 릴브룩스Lilbrooks, 1997

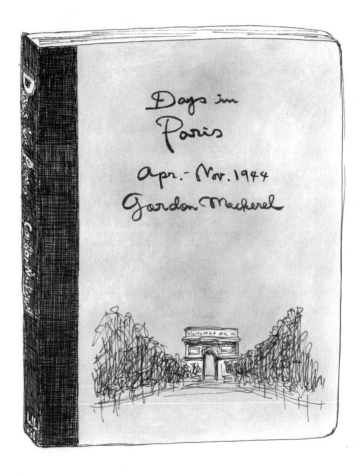

고든 매크럴은 2차 대전 중에 육군 603대대로 알려진 위장 부대, 일명 '유령 부대Ghost Army'의 일원으로 복무했다. 1996년에 기밀에서 풀리면서 일반에게 알려지기 시작한 유령 부대의 임무는 적군을 기만하는 작전을 세우고 실행에 옮기는 것이었다. 그들은 독일군 정찰기의 눈을 속이기 위해 고무와 판자를 이용해 가짜 탱크와 트럭을 만들어냈다. 거기에 더해 가짜 막사를 짓고 부대가 이동한 흔적처럼 보이게 바퀴 자국까지 만들었다. 그들의 기만술은 시각적인 데만 국한되지 않았는데 대규모 병력이 이동한다는 인상을 주기 위해 소음, 먼지를 일으키는 방법을 연구하기도 했다. 부대의 주 구성원은 화가, 삽화가, 만화가, 애니메이터 등 미술과 관련된 직업이 많았고 무대미술가, 조명연출가, 음향전문가 등 무대예술 분야의 전문가나 건축가, 전기공학자도 있었다.

매크럴은 프랫 인스티튜트를 졸업하고 잡지사에서 일러스트 담당 화가로 근무하다가 징집됐다. 그는 훈련소에서 차출된 후 603대대에 배치됐다. 이미 그곳에는 많은 예술가들이 모여 조국의 승리를 위해 자신의 예술적 재능을 바치고 있었다. 그러나 이들은 군인이기 이전에 이미 예술가였다. 예술에 있어서 계급은 의미가 없었다. 이 예술가들은 그곳에서 서로가 서로의 스승이 됐다. 그들은 학교에서 배운 것보다 더 많은 것을 군대에서 배웠다.

미국을 출발해 노르망디를 거쳐 전선을 따라가며 유럽을 횡단하는 동안 이 예술가들은 독일군을 속일 만한 것들을 수도 없이 만들어내는 한편 스케치북을 들고 다니며 주위의 모든 것을 그림으로 남겼다. 막사에서, 행군 중에, 휴가지에서, 배 위에서, 그들은 잠시 엉덩이를 붙이거나 등을 기댈 수만 있으면 스케치북과 연필과 물감을 꺼냈다. 일을 할 시간에 그림만 그린다며 상관이 화를 낼 정도였다. 그러나 아무도 예술을 사랑하는 마음은 꺾을 수 없었고 그들의 스케치북은 점차 쌓여갔다.

고든 매크럴 역시 그렇게 몇 개의 스케치북을 남겼는데 그중에서 파리에서 그린 그림들을 모아 1997년에 출간했다. 이 과정에는 그림들이 군사 기밀과는 관련이 없다는 국방부의 승인이 필요했다. 매크럴이 파리에 간 때는 1944년 가을이었다. 파리가 4년 넘는 독일의 지배에서 해방된 지 얼마 안 된 시기였고 아직 파리 시민들이 미군의 행패에 분노하기 전, 미군이라면 무조건 환영했던 짧았던 좋은 시절이었다. 매크럴의 회고에 따르면 유령 부대의 정체는 철저히 비밀이었기 때문에 사진기자 부대의 표지를 붙이고 다녔다.

매크럴의 파리 그림에는 젊은 여성들이 많이 등장하는데 그들은 다리를 드러낸 채 자전거 뒷자리에 앉는 등 젊고 아름답고 분방한 모습이다. 자유를 되찾은 당시 파리의 분위기가 그랬는지도 모르지만 혈기왕성한 젊은 외국 군인의 눈에 파리의 여성이 특히

더 아름답게 보이는 건 당연한 일이었을 것이다. 생제르맹앙레의 사창가의 모습을 다룬 그림들이 자주 보이는 건 그런 면에서 자연스러운 일일 것이다. 그림 속에서 군인들—아마 매크럴의 동료들일 것이다—은 반라의 여성들을 무릎에 앉혀놓은 채 술을 마시며 담배를 피우고 있다. 단독으로 그려진 여성은 거의 혹은 완전히 나신이고 일부는 일부러 포즈를 잡은 모습이다.

그중 한 인물이 눈길을 끈다. 그녀는 곱슬머리 흑발을 어깨까지 길렀는데 길고 곧은 코가 인상적이다. 그림과 함께 남긴 메모로 보아 '아델'이라는 이름의 그녀는 잠든 모습 여러 장을 포함해 매크럴의 스케치북에 여러 번 등장한다. 특히 화가를 위해 포즈를 잡은 모델의 자연스러운 태도에서 둘이 어느 정도 친밀한 사이였을 거라고 짐작할 수 있다.

모델과 화가, 말이 제대로 통하지 않는 남녀, 곧 전장으로 떠나가야 할 군인과 그가 떠나가면 다른 남자에게 안길 창녀의 사이에 잠깐 떠돌다 사라질 따뜻하고 아름답고 슬픈 공기가 그림 속에 남아 있다.

너의 신에게 기도하라: 어느 젊은 종교인의 초상

Pray For Your Own God: A Portrait Of A Young Man As A Believer

나이젤 월콧Nigel Walcott,
메드퍼드 NJ: 피플스파운틴People's Fountain, 1989

이 책은 종교 지도자인 나무 타자리Namu Tazhualhi에 관한 평전인 동시에 그가 이끈 종교단체 '신의 아이들', 그리고 그들이 만들어낸 타자리안 운동에 관한 기록이다. 책을 쓴 나이젤 월콧은 타자리가 처음 신의 아이들을 만들었을 때부터 그의 제자 중 한 명이었는데 나중에 단체에서 탈퇴한 뒤 이 책을 썼다.

나무 타자리의 본명은 플로렌스 란차Florence Lanza다. 시카고에서 이탈리아계 부모 사이에서 태어난 그는 종교 지도자가 되기 전에는 웨이터, 도박사, 술집 경비원, 마술사, 주류 판매원 등의 직업을 전전하며 일정한 거처 없이 떠돌았다. 월콧의 묘사에 따르면 나무 타자리는 적당히 그을린 피부에 뚜렷한 이목구비를 가졌고 웃음이 매력적인 사람이었다. 부드러우면서도 강인한 중저음의 목소리와 신중한 태도, 때때로 강렬하게 번뜩이는 눈빛은 신뢰와 호감, 존경심을 품게 만들었다. 그에게 종교 지도자는 천부의 직업이라고 할 수 있었다.

친구의 갑작스런 죽음을 겪으며 삶의 의미에 대해 깊이 회의하게 된 것이 란차가 종교의 세계에 빠져든 계기가 됐다. 그는 접할 수 있는 종교라면 무엇에든 무턱대고 뛰어들었는데 개신교, 가톨릭, 불교, 힌두교, 이슬람교, 유대교 등 전통적이고 보편적인 종교는 물론이고 사이언톨로지, 라엘리안 운동, 라스타파리 운동 등 신흥 종교에도 관심을 두었다. 그러나 그의 믿음과 활동은 신실함과는 거리가 먼 것이었다. 란차는 한 종교에 깊이 빠지지 않았을 뿐만 아니라 여러 종교를 한꺼번에 경험하려 들기까지 했다. 아침에 불교 사원에서 젠 명상을 한 뒤 점심에는 유대 회당에서 랍비와 토론하고 저녁에는 사이언톨로지 집회에 참석하면서 그러는 틈틈이 메카를 향해 기도를 올리는 식이었다.

사막에서의 수행 중 영적 깨달음을 얻은 란차는 나무 타자리라고 개명하고 자신을 따르는 이들을 모아 종교 공동체를 만들어 지도자로 활동했다. 타자리가 만든 단체 '신의 아이들'은 처음에는 지역의 작은 모임이었으나 이후 이민자, 히피, 학생, 급진적 예술가, 하층 노동자, 매춘부 등을 중심으로 회원 수를 가파르게 늘려 나갔다. 신의 아이들은 처음에는 낡은 사무실에서 모임을 가졌지만 얼마 안 있어 작은 강당으로, 이어서 교회로 장소를 옮겨야 했다. 타자리와 신도들은 일주일에 한 번씩 회합을 가졌다. 그를 따르는 무리가 늘어나자 타자리는 가까운 제자 몇몇을 이끌고 전국을 돌아다니며 설교, 강연, 봉사 활동으로 자신의 추종자를 늘려 나갔으며 그러는 한편 설교집을 꾸준히 출간했다.

타자리의 교리의 핵심은 모든 사람에게는 저마다의 수호신이 있다는 것이었다. 수호신은 그를 인도하고 보호하고 행운을 선사하기도 하지만 경우에 따라서는 불행과 고난의 구렁텅이로 몰아넣기도 하는 존재다. 수호신은 아주 유명한 신일 수도 있고 생전 처음 듣는 이름의 신일 수도 있고 아니면 전혀 엉뚱한 존재일 수도 있었다. 그들은 정체를 숨기고 있지만 기도와 봉사와 수행에 따라 자신의 이름을 알려주기도 한다. 어찌 됐든 사람은 그의 수호신의 권능을 자만해서도 의심해서도 안 된다. 어떤 사람과 그의 수호신은 서로 돕는 관계이기 때문에 누구나 자신의 수호신을 믿는 동시에 또한 두려워해야 한다. 그러기 위해서는 성실하고 건전한 생활 태도를 지키고 자신의 신을 믿고 따르는 경건한 마음을 유지하는 한편 이웃과 그의 신을 존중하고 존경해야 한다. 엉성해 보이기까지 하는 단순한 교리와 다른 모든 종교에 대한 끝없는 포용성, 거의 무한에 가깝게 확장할 수 있는 범신론이야말로 '타자리안 운동'이 단시간에 폭넓은 호응을 얻도록 작용한 가장 큰 요인이었을 것이다.

신학적, 이론적 기반이 취약한 다른 신흥 종교와 마찬가지로 타자리안 운동 역시 고유한 경전을 만들어내지 못했다. 대신 신도들은 타자리의 설교집을 교리 삼아 읽었다. 그러나 설교집을 통해 교리를 깨닫는 일에는 한계가 있었다. 책에 실린 설교들이 저마다 문장의 개성, 수준이 다른 것은 물론이고 교리에 대한 설명이 상충되는 부분도 있었기 때문이다. 저자는 거기에는 그럴 수밖에 없는 사정이 있었다고 말한다. 왜냐면 설교집을 쓴 건 타자리가 아니라 그의 제자들이었기 때문이다. 게다가 이 제자들끼리도 교리에 대한 이해가 일치하지 않았다.

월콧에 따르면 타자리안 운동의 와해는 예정된 것이었다. 느슨한 다신적 종교 공동체를 만들려고 했던 나무 타자리의 목표는 바로 그 다신성 때문에 붕괴됐다. 신의 아이들은 동부와 서부로 나뉘어 각각 상대편을 비난했고 물리적 충돌까지 빚었다. 저자가 공동체를 탈출한 이후에 사태는 더욱 악화돼 급기야 총격전이 벌어지기도 했다. 범행 계획에 타자리 자신이 개입했다는 정황도 포착됐다. 비판자들은 이들의 다툼을 평소 그들의 교리에 빗대 '신들의 전쟁'이라며 비아냥댔다. 나무 타자리가 법정에 서면서 놀라운 사실들, 이를테면 절도, 폭력, 총기 휴대, 사기 등으로 얼룩진 플로렌스 란차의 전과 기록이나 그가 늘 주장했던 대로 신학대학을 졸업했다는 경력이 완전히 날조됐다는 사실 등이 드러났다. 영적 깨달음을 얻었다는 시기에 그는 교도소에 수감 중이었다는 사실도 밝혀졌다. 타자리의 이미지에 가장 큰 타격을 준 건 종교적 방황의 계기였다고 밝힌 그의 친구의 죽음의 가장 유력한 용의자로 란차 자신이 지목됐다는 점이다. 지루한 법정 공방 끝에 타자리는 살인과 폭력 교사에 대해서는 증거 불충분을 이유로 무죄를 선고받았다. 이후로 공금 횡령, 명의 도용 등의 혐의로 재판을 받던 타자리는 어느 날 자신의 신과 함께 떠난다는 쪽지를 남기고 행방을 감췄다. 지금도 추종자들은 그의 수호신이 타자리를 신들의 세계로 데려갔다고 여긴다.

시체를 처리하는 방법: 미스터리 작가를 위한 안내서

How To Hide A Body: A Guide For Mystery Writers

벅스 아르톨리니Bucks Artolini, 로스앤젤레스 CA: 알바트로스Albatross, 2001

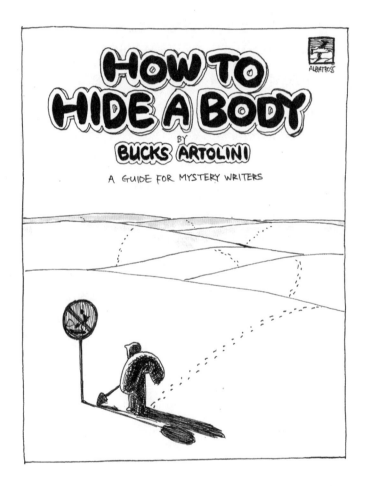

표지만 보면 이 책은 살인자를 위한 안내서처럼 보인다. 도대체 얼마나 멍청한 살인자여야 이런 책을 읽으려 할까 생각하는 순간 작게 인쇄된 '미스터리 작가를 위한 안내서'라는 부제가 눈에 띈다.

벅스 아르톨리니는 미스터리 잡지의 편집자로 오랫동안 일했다. 그는 밸런타인데이에 대한 미스터리 작가들의 단편선집『마이 블러디 밸런타인』등 뛰어난 선집을 기획한 것으로 유명하며 자신도『미스터리 소설 가이드』,『황금기의 미스터리 소설들』,『미스터리 ABC』등의 책을 낸 바 있다.

반 다인에 버금가는 미스터리 소설광이기도 한 그는 장르에 대한 애정에도 불구하고 이전의 작가들이 살인 장면의 가장 중요한 국면에 대체로 신경을 쓰지 않았다고 비판했다. 그에 따르면 살인자에게 가장 중요한 것은 알리바이도 흉기도 아니고 바로 시체를 처리하는 문제다. 살인사건은 시체가 있기 때문에 성립하므로 시체가 없다면 살인이 있었더라도 애초에 사건이 일어났다는 걸 눈치채기 어려울 것이다. 알리바이를 조작하거나 흉기를 숨기는 등의 트릭이 작가들에 의해 애용된 건 그러는 편이 훨씬 더 문제가 단순하고 트릭을 만들어내기도 쉽기 때문이다. 즉 시체 처리는 더 노동 집약적이고 덜 미스터리 지향적이기 때문에 미스터리 작가들에게 기피됐다. 한편 소설의 초반부에 시체가 발견되는 장면은 독자들에게 더 강한 인상을 줄 수 있기 때문에 작가들로서는 굳이 시체를 처리하는 문제를 생각할 필요가 없었다는 것이 그의 주장이다.

아르톨리니는 기존 작가들이 제시한 시체 처리법에 자신이 생각해낸 새로운 방법을 더해 모두 97가지의 방법을 이 책에 실었다. 그중에는 시체를 방부 처리해서 침대 매트리스에 집어넣는 법, 술 취한 사람으로 변장시켜 클럽 등에 유기하는 법, 밀웜과 박테리아를 이용해 생분해하는 법, 동물에게 먹이로 주는 법, 분쇄해서 변기에 흘려 버리는 법, 쓰레기 분쇄기에 들키지 않고 넣는 방법 등이 있는데 이 중 일부는 추리소설보다는 범죄 드라마에 더 어울린다. 내가 보기에 가장 기발한 예는 애초에 존재한 적 없는 가상의 인물을 살해하는 것인데 이 방법에서 범인은 가상의 인물을 내세워 인터넷 공간에서 범죄를 저지르게 한 뒤 사고로 죽은 것으로 가장한다.

끝으로 아르톨리니는 이제껏 제시되지 않은 새로운 방법을 이용해 쓴 자신의 단편을 실었다. 이 작품에서 시체는 내구성과 내충격성이 완벽한 상자에 담긴 채 UPS의 반송 시스템 안에 갇혀 영원히 세계의 공항과 항구를 떠돈다.

참고로, 이 책은 방금 사람을 죽이고 얼른 서점으로 달려가 어떻게 하면 시체를 확실하게 처리할 수 있는지 찾는 초보 살인자를 위해 친절하게도 면지에—표제지가 나오기도 전에—다음과 같은 내용을 실어놓았다.

시체를 처리하는 법:

1. 우선 확실히 죽었는지 확인한다.

2. 죽은 게 확실하다면 다음의 물건들을 준비한다. 페인트칠할 때 입는 비닐 옷. 장화. 비닐장갑. 비닐봉지. 시체를 자를 톱. 소금.

3. 시체를 잘라서 비닐봉지에 넣고 소금을 채운다. 몸통에는 가능한 한 많은 소금을 '채워' 넣는다. (이러면 다음 과정을 준비하는 동안 시체가 썩지 않는다.)

4. 표백제로 흔적을 모두 닦는다.

5. 세제로 4의 과정을 반복한다.

6. 출근한다. 혹은 그 밖에 매일 하던 것과 똑같은 일을 한다.

7. 방수포, 비닐테이프, 방독면, 아로마 양초를 산다. 염산을 500ml씩 산다. (염산은 지역 화학상에서 구할 수 있다. 500ml는 구매 시 신고하지 않아도 되는 최대량이다. 염산을 어디에 쓰려는지 물어보면 흰개미, 두더지 따위를 잡기 위한 목적이라고 대답한다. 여러 주, 여러 도시를 순회해 구매 내역이 집계되지 않도록 한다.)

8. 욕조에 방수포를 깐다.

9. 욕실의 환기구와 문틈을 막아서 냄새가 새 나가지 않도록 한다.

10. 시체를 욕조에 넣고……

제이독에 대해

남자는 20대 후반으로 보였고 큰 키에 호리호리한 체격이었
다. 옷차림은 한결같이 적어도 두 치수는 더 커 보이는 헐렁한 후
드 재킷과 엉덩이에 반쯤 걸쳐진 바지, 그리고 새하얀 운동화였다.
머리에는 손뜨개질로 만든 것 같은 알록달록한 모자가 얹혀 있었
는데 챙 밑으로는 땋은 곱슬머리가 몇 가닥 흘러내렸다.

가장 눈에 띄는 건 왼손의 엄지손가락을 제외한 나머지 네 손
가락에 낀 금색 반지였는데 반지마다 알파벳이 음각으로 새겨져
있었다. 남자가 책을 읽고 있을 때 근처 서가의 책을 정리하며 읽
어보니 알파벳은 검지부터 차례로 J-D-O-G였다. 즈독. 즈옥. 야
도그. 처음 보는 스펠링이어서 남자에게 그걸 어떻게 읽는 거냐고
물었더니 제이독이라고 했다. 제이독이 뭐냐 물으니 그게 바로 자
기라고 했다. 그래서 이번에는 그게 무슨 뜻이냐고 물으니 그냥 그

게 자기 이름이란다. 그 이상은 묻지 않았다. 이름이 제이, 성이 독이라는 사람에게 더 물어볼 말은 없었다.

제이독은 2, 3주에 한 번씩 나타나서 서가 사이를 건들거리며 지나다니다 아무 책이나 뽑아서 페이지를 홀홀 넘겼다. 그러다 책이 마음에 들면 근처의 아무 의자나 골라잡아 앉았다. 그가 긴 몸을 의자에 반쯤 눕히다시피 앉아서 다리를 쭉 펴면 의자는 뒤로 반쯤 넘어간 채 앞다리를 허공에 들고 제이독이 몸을 흔드는 대로 따라서 흔들거렸다. 어떤 때는 제이독이 몸을 흔들 때마다 의자가 규칙적으로 삐걱거리는 소리를 내기도 했다. 그 소리를 모두가 싫어한다는 걸 그는 알지 못하거나 아예 신경을 안 쓰는 것처럼 보였다. 그래도 앳킨스 씨가 한 번 점잖게 주의를 준 뒤로는 삐걱거리는 소리가 조금 줄기는 했다.

제이독이 늘 건들거리며 있었던 건 아니다. 드물지만 뭔가에 집중한 듯 책상 위에 쏟아질 듯 엎드려 책을 읽을 때도 있었다. 그럴 때의 그는 검지로는 아랫입술을, 중지로는 윗입술을 문지르며 다리를 떨었다. 그리고 가끔은 재킷 주머니에서 공책과 볼펜을 꺼내 뭔가를 적기도 했다. 그는 올 때마다 대체로 두 시간쯤 머물다가 갔는데 책을 읽으러 오는 건 아닌 듯싶었고 책을 빌리러 오는 건 더더욱 아니었다.

내 추측으로는 제이독은 마약 딜러였다. 그가 도서관에 오는 건 마약을 거래하기 위해서다. 서가 사이를 어슬렁거리는 건 고객과 접촉하기 위해서거나 약속된 장소에 놓인 마약을 회수하기 위해서, 혹은 고객에게 건넬 마약을 놓을 곳을 물색하기 위해서다. 그가 아무 책이나 펼쳐놓고 있는 것은 책을 읽는 척하기 위해서이고 몸을 건들거리는 것은 지루해서거나 중독의 신호다. 가끔 책상에 엎드려 있는 건 마약을 하는 중이거나 환각에 빠져 있는 중이거나 금단 현상 때문에 괴로워서다. 공책은? 물론 거래 장부다. 의자를 삐걱거리며 흔드는 것은 약에 취해 있기 때문이다.

마약 딜러가 도서관에 드나들게 놔둬도 되는 것일까. 화장실에서 대마초를 피우거나 약을 하지는 않을까. 약에 취해 문제라도 일으키지는 않을까. 그러다 이곳이 약쟁이들의 소굴이 되어버리지는 않을까.

이 문제를 상의했더니 BP는 내게 인종차별주의자냐고 물었다. 아니라고 했더니 자기가 보기에 제이독이라는 남자는 겉멋에 취해 흐느적거리는 젊은이일 뿐이니 쓸데없는 걱정은 하지 말라고 했다. 하지만 BP는 이미 은퇴했고 지금은 내가 도서관의 모든 걸 책임지고 있다. 내게는 도서관을 범죄로부터 보호할 의무가 있고 내가 보기에 제이독은 언제든 문제를 일으킬 수 있는 사람이었다.

의심했던 대로 제이독은 수상한 행동을 보이기 시작했다. 그는 어느 순간부터 특정한 책에 관심을 보이기 시작했다. 벅스 아르톨리니의 『시체를 처리하는 방법』이었다. 책 제목을 확인하자 아찔한 생각이 들었다. 어쩌면 누군가를 죽인 걸지도 모른다. 그 책에는 부록이긴 하지만 정말로 시체를 처리하는 방법이 나와 있으니까.

마침 도서관에 찾아온 LM에게 이 이야기를 했다. 내 생각에 그는 마약 딜러인데 그가 아무래도 사람을 죽이고 지금 그 시체를 처리하는 방법을 찾고 있는 중인 것 같다고 말하는데 제이독이 슬그머니 자리에서 일어나 정문으로 빠져나가는 것이 보였다. LM은 내가 말릴 새도 없이 서둘러서 제이독의 뒤를 쫓아 나갔다.

창밖으로 제이독과 LM이 거리에서 조금 떨어져 선 채 이야기를 나누는 것이 보였다. 이야기를 하는 쪽은 주로 LM이었다. 제이독은 건들거리면서도 잔뜩 긴장한 기색이었다. 뭔가 안 좋은 느낌이 들었다. 제이독이 주머니에서 손을 빼고 뒤춤에서 뭔가 꺼냈다. 나는 정신없이 내달렸다. 내가 도착해서 제이독과 LM 사이에 섰을 때는 상황은 이미 끝나 있었다. LM은 돌려받은 책을 들고 있었고 제이독은 뒤돌아서 걸어갔다.

며칠 뒤 제이독은 도넛상자를 들고 찾아왔다. 책을 훔치려 했던 일에 대한 사과의 표시였다. 그는 자신이 래퍼이며 좋은 가사를 찾고 새로운 영감을 얻기 위해 도서관에 정기적으로 오는 거라고 말했다. 다른 래퍼들은 거리의 언어로 가사를 쓰지만 자기는 오염되지 않은 언어, 영원한 힘과 아름다움이 남아 있는 언어로 가사를 쓴다는 것이었다. 그럼 책을 훔치려 한 이유는? 나쁜 짓을 저지를 때 어떤 기분인지 알고 싶어서. 나는 이미 충분히 마약 딜러처럼 보

인다고 말해줬다. 그리고 제인 드류의 시집을 읽어보면 좋겠다고
알려줬다. 제이독은 곧바로 대출카드를 만들고 시집을 빌려 갔다.

나는 도넛을 내 책상 위에 놓아두고 사람들에게 하나씩 가져
가게 했다.

움빌리카 *Umbilica*

페터 요훔 Peter Jochum, 프랭크 브룩스 주니어 Frank Brooks Jr. 옮김,
올버니 IN: 운디네 북스 Undine Books, 1967

움빌리카에 온 여행자는 기차역에서부터 길을 따라가기만 하면 도시의 중심부에 있는 대학에 다다를 수 있다고 생각한다. 왜냐면 애초에 움빌리카는 대학을 중심으로 형성된 도시이고 움빌리카에서 가볼 만한 곳이란 오직 대학뿐인 데다 지도에는 기차역에서 그곳까지 곧게 길이 뚫려 있기 때문이다. 그러나 도시의 중심부로 갈수록 길은 점점 더 좁아지면서 좌우로 꺾인다. 피로와 짜증에 지친 여행자는 이제 더 이상 아무것도 말해주지 않는 지도를 구겨서 버린다. 모퉁이를 헤매던 그는 미로와 같은 고풍스런 골목들과 예고 없이 갑자기 나타나는 작은 공터들에서 대학으로 가는 길을 가리키는 비밀스런 표지를 발견한다. 곳곳에 파인 하수구와 웅덩이에 바지와 양말을 적신 끝에 여행자는 갑자기 큰길가에 세워진 벽 앞에 이른다. 그것이 세계의 배꼽이라는 의미를 가진 대학 '움빌리카'다.

대학 안에는 학자들이 살고 있다. 그들은 누구도 이해하지 못할 언어로 세계의 비밀과 우주의 이치를 파헤치고 있다고 알려져 있다. 학자들의 미치광이에 가까운 노력과 은밀하고 위험하기까지 한 열정은 가끔 거리에 나오는 대학생들에 의해—그들은 마치 자신이 그 위대한 학자가 되는 듯 굴기가 일쑤인데—극히 일부만 외부에 알려진다. 도시는 그들의 자랑일 뿐만 아니라 인류의 보배이기도 한 대학의 학자들과 그들의 연구를 돕느라 자신의 생명의 양초를 활활 불태우고 있는 학생들을 위해 음식과 술과 담배를 수레 가득 준비한다. 아침에 대학의 정문으로 들어간 수레는 그날 해가 질 때쯤 쓰레기를 가득 싣고 후문으로 나온다. 도시의 사람들은 치즈에 남은 이빨 모양이나 영수증에 휘갈겨 쓴 필적을 통해 대학 안에 살고 있는 그 유령들의 존재를 확인한다.

이곳을 찾는 여행자의 대부분은 다만 대학을 먼발치에서라도 한번 보기 위해 오는 구경꾼이다. 대학은 방문자가 함부로 대학의 정문에 발을 들이는 걸 허락하지 않기 때문이다. 출입을 거절당한 방문자는 하는 수 없이 대학을 빙 두르고 있는 담장을 한 바퀴 돌면서 어딘가 몰래 숨어들 수 있는 작은 틈이라도 있지 않을까 하고 기웃거리며 아쉬움을 달랜다. 그러다 드물게 한 방문자가 대학의 정문을 향해 당당히 걸어가 품에서 소개장을 꺼내 보일 때가 있다. 그러면 그때까지 누구에게도 출입을 허락하지 않던 거만한 문지기가 마치 마술에라도 걸린 것처럼 조용히 목례를 하며 문을 조심스럽게 열어주는데 그러면 방문자는 뒤도 돌아보지 않고 문 안으로 들어간다. 그러면 다른 여행자들은 방금 전까지 자신과 마찬가지였던 그 여행자가 외투 안에 감추고 있었던 놀라운 비밀과 그 소개장을 어떻게든 손에 넣을 수 있었다면 지금쯤 대학 안으로 들어가는 건 바로 자신일 수 있었다는 생각에 흥분과 낙담으로 한숨을 쉰다.

대학이 사람을 삼키고 대신 토해내는 건 책이다. 가끔 빈 마차가 정문 앞에 서면 학생들이 수많은 책을 수레에 실어서 가져 나온다. 책들은 눅눅한 먼지 냄새와 함께 신성한 지식의 냄새를 풍긴다. 책을 실은 수레가 대학을 떠나 기차역으로 향하는 동안 거리에 늘어선 사람들은 마차 곁에는 차마 다가가지 못한 채 벽에 바짝 붙어 서서 어쩔 줄 몰라 하며, 마치 그렇게 하면 책의 지식을 흡수할 수 있다고 믿기라도 하는 듯, 책의 향기를 있는 힘껏 들이마신다.

역에는 책을 세계로 실어 나르기 위해 기차가 증기를 내뿜으며 기다리고 있다. 오직 책만을 나르기 위해 특별히 편성된 열차간에 책들이 모두 실리면 차장은 망원경을 꺼낸다. 그 순간 대학의 가장 높은 건물의 꼭대기에는 색색의 깃발이 휘날리고 있다. 깃발들의 색이 무엇을 뜻하는지 아는 것은 오직 차장뿐이다. 그가 손잡이를 잡아당겨 기적을 울리면 책을 실은 기차는 천천히 역을 빠져나간다. 뒤이어 새로운 방문자들을 실은 기차가 도착한다.

페터 요홈은 목사인 베르겐 요홈과 한때 그의 제자였던 마리아 요홈 사이에서 3남 1녀 중 장남으로 태어났다. 목사가 되라는 아버지의 요구에 신학교에 진학했지만 페터가 열의를 보인 것은 종교가 아니라 문학이었다. 그는 교지와 문예지에 산문, 시, 소설 등을 발표했는데 그의 시는 릴케의 관심을 받기도 했다.

그의 최초이자 최후의 장편소설인 『움빌리카』는 독일 낭만주의 전통을 충실히 계승했을 뿐만 아니라 독일 신비주의의 특성이라 할 환상성과 그로테스크한 아름다움 또한 드러내고 있다. 간명하고 건조한 문장은 움빌리카라는 도시와 그 도시의 핵심에 자리하고 있는 대학이라는 세계를 신비롭고 낭만적으로 그리고 있다. 발표하기 전 그의 친구들은 이 작품이 장편 산문시로 개작돼야 한다고 충고했지만 페터 요홈 자신은 『움빌리카』가 새로운 형식의 소설임을 믿어 의심치 않았다.

작품 속에 등장하는 대학은 인류가 쌓아올린 지식의 총체를 상징한다. 지식은 외부를 향해서는 물론이고 동시에 내부를 향해서도 무한하게 확장해 나가는데 이는 대학을 둘러싼 도시뿐 아니라 대학의 내부에도 끝없이 미로가 펼쳐지는 것으로 표현된다. 지식이 축적될수록 대학 외부의 세계는 점점 더 혼란에 휩싸인다. 그럼에도 세계와 대학이 균형을 이루는 것은 수수께끼의 중심에 있는 '총장'의 존재 덕분이다. 총장은 의심할 수 없는 권능으로 대학을 운영한다. 총장이 신을 상징한다는 것은 분명하다. 소설의 말미에서 대학은 곳곳에서 균열을 보인다. 총장의 권위를 의심하는 사람들은 심지어 그가 실종됐다는 소문을 퍼뜨리기까지 한다. 이성과 과학의 승리를 옹호하면서도 장엄하고 음울한 중세적 색채에 깊이 물들어 있는 소설은 대학의 붕괴와 함께 이제까지 없었던 것이 세계를 지배하는, 즉 '괴물'의 시대의 도래를 암시하며 끝난다.

페터 요홈은 1차 대전에 보병으로 참전했다. 그는 어느 화요일 아침 참호 속에 떨어진 방독면을 주우러 들어갔다가 독가스를 마시고 사망했다.

북쪽으로의 여행 *Journey To The North*

존 브링엄John Bringham, 보스턴 MA: 보트하우스 프레스Boathouse Press, 1932

1882년에 시카고에서 부유한 은행가의 아들로 태어난 존 브링엄은 17세에 대서양을 건너가 파리에서 회화를 공부했다. 영국에서 초상화 화가로서 경력을 시작했지만 그렇게 성공을 거두지는 못했다. 한 평론가는 그를 '남들처럼 그리기엔 자존심이 너무 강하고 그렇다고 남들과 다르게 그릴 능력 또한 없었던 비범한 범인'이라고 평했다.

1차 대전의 발발과 동시에 그는 미국으로 돌아갔다. 그는 동부의 뉴잉글랜드 지역과 북부 지역을 중심으로 풍경화가로 활동했는데 수채로 스케치를 한 뒤 그중 일부를 유화로 다시 그렸다. 뉴잉글랜드 지역에는 초기 이주민들의 종교 공동체가 곳곳에 흩어져 있었다. 이 지역은 러브크래프트의 크툴루 신화의 배경이 된 곳이지만 브링엄의 풍경화에는 경건함에 가까운 쓸쓸함과 목가적인 평온함이 충만해 있다. 브링엄의 후기 작품에서는 카스파르 다비드 프리드리히나 아르놀트 뵈클린을 연상시키는 낭만적인 숭고미를 느낄 수 있다. 하지만 현재 높게 평가를 받는 건 목재 공장이나 농장에서 일하는 노동자들을 그린 풍속화들이다.

『북쪽으로의 여행』은 그가 오대호 연안을 여행하며 남긴 글과 스케치를 묶은 것으로 브링엄이 쓴 유일한 책이다. 글은 기행문이라기보다는 태고의 원초적 자연 속에서 느끼는 초월적 체험에 대한 종교적 간증의 기록에 가까우며 그림에 비해 글의 분량이 적다고 할 수 없어 화첩이나 도록이라 부르는 것도 적당하지 않다.

여정에 대한 기록이 거의 없어서 그림을 그린 장소에 대한 단서는 남아 있지 않다. 그저 남아 있는 원화 뒤에 그가 연필로 적은 메모를 참고해 개략적인 여정을 짐작할 뿐이다.

본문의 그림 중 하나는 산맥을 배경으로 평원 위에 홀로 서 있는 나무를 그리고 있는데 설명에 '아르보르 문디, 즉 세계수世界樹. 세계의 책인 『리브로 문디』의 고향'이라고 적혀 있다. 『리브로 문디』란 세계의 모든 것이 적혀 있어 곧 세계 그 자체이기도 한 책에 관한 신화다. 『리브로 문디』, 약칭 『문디』의 신화를 좇기 위해 굳이 카발라까지 거슬러 올라갈 필요도 없다. 이미 보르헤스는 바벨의 도서관인 동시에 모래의 책이면서 표범의 무늬이고 알렙이기도 한 그 책에 대해 몇 번이고 쓴 바 있다. 『문디』와 '세계수'의 관련은 『문디』가 종이로 이루어졌다면 그 종이를 만들기 위해서는 어떤 나무가 재료가 돼야 했을까 하는 단순한 호기심에서 출발한다. 세계수 신화는 북유럽에서뿐만 아니라 여러 문화에 공통적으로 나타나므로 이 그림 속의 나무가 전설 속에서처럼 하늘을 떠받치고 있을 정도로 크지 않다거나, 나무가 있는 곳이 북유럽 어딘가가 아니라고 해서 이것이 세계수가 아니라고 주장하는 것은 부당하다. 브링엄에게는 세계의 끝을 연상시키는 들판에서 호젓하게 자라고 있는 위풍당당한 나무가 세계수를 연상시켰다면 그만이다.

『문디』 이야기를 조금만 더 해보자. 세계의 책에 관한 신화를 진지하게 생각하는 사람들은 『문디』의 저자가 신이나 악마, 아니면 적어도 선지자라고 믿는다. 조금 더 과학적인 주장을 하고 싶어하는 사람들도 있는데 그들은 한 개인이 아니라 사회 전체, 즉 구체적으로는 올멕 문명이 그 책을 썼다고 주장한다. 또 어떤 사람들은 『문디』의 기원은 그보다 더 거슬러 올라가며, 이를테면 사라진 문명 중 하나인 아틀란티스 문명이 『문디』의 주인이고 그 문명의 아주 일부가 세계에 퍼져 현생 문명의 시초가 됐다고 주장한다.

정상적인 이성을 가진 대부분의 사람들처럼 나 역시 『문디』가 실존하는지, 그 저자가 신인지 악마인지 따위에는 별 관심이 없다. 그러나 『문디』에 대한 상상을 조금 해보자면―상상의 자유란 누구에게나 있다―정말 만약 『문디』가 실존하고 그것을 만든 세계수가 있다면 그것은 메소포타미아 문명이 발흥한 지역에 있었을 것이고 브링엄이 세계수를 만나고 싶었다면 오대호가 아니라 사해를 찾아가야 했을 것이다. 그랬다면 그는 그림 속의 시카모어가 아니라 성서에 흔히 등장하는 감람나무를 그렸을 것이다. 감람나무는 현대에 흔히 올리브*Olea europaea*라 알려져 있다.

그러나 이런 추론 없이도 브링엄이 이 나무를 마주치며 느꼈을 황홀감과 외경심을 이해하는 건, 그가 세계수를 떠올리며 품었던 환상을 맛보는 건 얼마든지 가능하다.

당신이 읽을 수 없는 100권의 책

100 Books Wanted: Lost Books That You Can't Read Ever

빅터 크루거Victor Krueger, 뉴욕 NY: 잭앤질 북스Jack & Jill Books, 1989

사라진 책이나 원고라는 주제는 언제나 매혹적이다. 그런 책이 다시 나타난다면 어떨까. 실비아 플라스나 토머스 에드워드 로렌스, 헤밍웨이의 사라진 원고가 나타난다면. 아리스토텔레스의 『시학』 제2권이 수도원의 다락방이나 성상의 빈 대좌 같은 곳에서 누군가의 발견을 기다리며 잠들어 있을지도 모른다는 생각은 떠올려보기만 해도 짜릿하다. 그런 원고를 찾아내는 것은 모든 애서가와 독서광의 꿈이다. 이 황홀한 꿈은 그 희박한 가능성 때문에 더욱 매혹적이라 포기할 수 없다. 그래서 애서가들은 사라진 책들과 원고들로 이루어진 자신만의 도서목록, 혹은 도서관을 마음속에 하나씩 갖고 있다.

빅터 크루거도 그런 애서가 중 하나였지만 그는 다른 애서가들과는 조금 다른 도서목록을 갖고 있었다. 『당신이 읽을 수 없는 100권의 책』(이하 『100권의 책』)의 머리말에서 분명히 밝히듯 그가 다루는 것은 사라진 책들이다. 그것도 무관심과 냉대에 너무 깊이 파묻힌 탓에 책이 사라졌다는 사실은 물론이고 그런 책이 있었다는 사실조차 기억되지 않는 책들이다.

책에는 빅터 크루거가 그렇게 찾아낸 책 100권의 목록이 표지의 일러스트, 간단한 서지 정보와 함께 실려 있다. (짐작 가능하겠지만 이 책의 형식은 『100권의 책』의 예를 참조하고 있다.) 『금발의 베시』, 『벤자민 크루스의 발라드』, 『하나님이 내게 말해준 것들』, 『자정의 그림자』, 『줄 위에 선 남자』, 『복수는 사과처럼 달콤하다』, 『노인과

금광』,『FBI는 알고 있다』,『뜨거운 복숭아』,『황금빛 캐딜락의 여인』,『비행접시의 계시』,『모든 병을 고치는 자기최면』,『블론디의 이중생활』과 같은 제목에서 범죄물이나 에로물 등의 펄프 픽션, 싸구려 간증집, 엉터리 르포의 분위기를 읽을 수 있을 것이다.

그러나 누군가『100권의 책』에 실린 책들 중 어느 한 권에라도 관심이 생겨 그 책을 찾아보려 한다면 곧 실망과 좌절에 맞닥뜨리게 될 것이다. 왜냐면 그 책들을 어디에서도 찾을 수 없기 때문이다. 그 책은 국회 도서관 홈페이지에서도 아마존이나 다른 책 거래 사이트에서도 검색되지 않는다. 구글링으로 저자, 제목, 출판사 등을 찾아보고 마지막으로 해적판을 거래하는 포럼에서 책에 대한 정보를 검색해봐도 아무것도 나오지 않는다. 목록에 실린 어느 책을 검색해보더라도 결과는 같다.『100권의 책』에 실린 책들에 대해 알 수 있는 것이란 책에 실린 정보가 전부다(희귀본을 다루는 블로그 한 곳에서만 책 제목과 저자를 확인할 수 있을 뿐이다). 이건 이상한 일이다. 사가본도 아닌 책이 이토록 찾기 어려울 수 있을까? 어떻게 100종류나 되는 책이 세상에서 감쪽같이 사라질 수 있단 말인가.

해답은 간단하다.『100권의 책』에 실린 책들은 처음부터 존재하지 않았다. 저자는 오로지 자신의 상상에 의지해 책들의 목록을 만들고 각각의 책의 표지를 그린 다음 간략한 설명까지 붙여놓았다. 포스트모던적 농담이라 할 수 있는 이 책은 소설이라고 보아야 할 것이다. 그러나 전통적인 의미의 소설이 아님은 분명하다. 이

233

책은 포스트모더니즘이 제시한 거짓 사실주의를 통해 텍스트의 역사성을 부정하고 임의성을 주장하는 것 같다.

한편 독자의 입장에서 생각해보면 이 책을 읽는 일은 시간 낭비에 가깝다. 저자는 자신의 농담에 독자가 동참하기를 바랐겠지만 100권의 목록이 순전히 가짜라는 걸 알게 되는 순간 대부분의 독자는 지적 환희 대신 허탈감과 배신감을 느낄 게 분명하기 때문이다. 저자가 그걸 몰랐을 거라고는 생각되지 않는다. 아마 그는 자신이 상상한 책들을 함께 상상하고 그 책의 내용을 떠올리며 즐거워할 누군가가 단 한 명이라도 있다면 그걸로 족하다고 여겼을 것이다. 어쩌면 한 발 더 나아가, 독자가 자신만의 환상적이며 사실적인 책들의 목록을 만들기를, 그리고 그 책들을 찾아 나서기를, 즉 그것을 직접 쓰기를 바랐을지도 모른다.

VK가 이 책을 기증하기로 한 건 매우 현명한 선택이었다. 세상에 없는 책들을 위한 책에게, 세상에 없을 책들을 위한 도서관보다 더 어울리는 곳이 달리 어디 있으랴.

베니스터 폴센에 대해 1

BP는 젊었을 때 공장에서 일했다. 기계에 손가락이 끼는 사고로 손가락을 두 개 잃은 그는 새로 생기는 도서관에 이력서를 내고 견습 사서로 일을 시작했다. 그리고 도서관장 대리 겸 유일한 사서로서 30년 넘게 그 일을 계속했다. 연금을 탈 수 있는 나이가 되자 그는 일을 그만뒀다. 그리고 그동안 도서관 2층에 살면서 모은 돈으로 시내에 아파트를 얻었다.

그는 그곳에서 혼자 살았다. 결혼도 하지 않았고 개도 고양이도 키우지 않고 술도 마시지 않았다. 가끔 골프나 볼링을 하러 나갔는데 왼손의 손가락이 두 개 없는 건 다행히도 문제가 안 되는 모양이었다. 골프나 볼링 모임을 빼고 다른 사람들과 어울리는 일은 없는 것 같았다. 교우가 없는 건 어느 정도는 오랫동안 동료도 없이 혼자 도서관을 운영하면서 자연스레 굳어진 표정 탓도 있을 것이다. 어쩌다 저녁에 전화를 걸어보면 그는 늘 혼자 있고 TV를 보거나 책을 읽고 있었다.

호펜타운에 도서관을 세운 건 클라우스 반디멘의 아이디어와 재단의 자금이지만 호펜타운 반디멘 재단 도서관을 지금과 같은 모습으로 키운 건 BP의 노력과 헌신이었다. 그는 위원회가 허둥댈 때 도서관의 운영 방향을 세우고 지역사회에 자리를 잡도록 노력했다. 그리고 은퇴할 때까지 자신의 삶 전부를 들여 도서관을 돌보고 가꿨다. 그 자신은 별로 한 게 없다고 말하지만 그게 지나친 겸손의 표현이라는 것을 사정을 아는 모든 사람이 알고 있다.

퇴직 후에도 BP는 일주일에 한 번 정도 도서관에 왔다. 잠깐 들러서 책을 빌려 가기도 하고 꽤 오랜 시간 머물며 이것저것 이야기를 나누다 가기도 했다. 나는 혹시 열람실의 의자가 불편하면 2층의 관장실을 마음껏 써도 좋다고 말했지만 그는 이제 자신은 그저 도서관 이용자 중 한 명일 뿐이기 때문에 그런 특별한 배려는 필요 없다며 사양했다. 내가 일을 시작한 초기에는 모르는 게 많아 그의 도움이 필요할 때마다 전화를 하고는 했다. 그는 그때마다 와서 나를 도와줬다. 일이 익숙해진 뒤에도 나는 필요한 일이 있을 때마다 그에게 전화를 걸었다. 그가 겉으로 표현하는 것과는 달리 실은 내 연락을 반가워한다는 걸 알았기 때문이다.

LM이 온 뒤로 BP는 도서관에 더 자주 왔다. 우리는 가끔 함께 나가 저녁을 먹었는데 그럴 때마다 BP는 자기가 식사비를 내려고 했다. 식사를 하면서 그는 LM에게 호펜타운의 이모저모와 역사에 대해, 도서관에 찾아오는 사람들에 대해, 또 최근에 읽은 책에 대해 이야기했다. LM은 BP에게 자꾸만 뭔가 물어서 BP가 말을 많이 하게 만들었다. BP는 LM과 이야기할 때 더 자주 웃었다. 나는 대화에 끼지 않고 가만히 듣기만 했는데 이미 언젠가 한 번 들었던 이야기이기도 했고 내가 좋아하는 사람들이 웃으며 이야기하는 게 좋아서이기도 했다. 식사를 마치면 BP는 자기 차로 우리를 도서관에 데려다준 뒤 그의 아파트로 돌아갔다. 그러고는 다시 침묵과 고독 속에서 TV를 보거나 책을 읽었을 것이다.

캐서린 헌트가 위원회의 결정을 통고한 자리에는 BP도 함께 있었다. 그녀가 돌아간 뒤 BP는 한참 동안 나를 위로했다. 도서관이 문을 닫는 건 쓸쓸한 일이지만 생각하기에 따라서 내게는 여러모로 잘된 일일 수도 있다는 것이었다. 그는 내게 다른 도시, 다른 도서관, 다른 일을 찾아볼 기회라고 말했다. 그리고 LM과 함께 이곳을 떠나서 새로운 삶을 살라고도 말했다. 그건 전혀 BP답지 않은 충고여서 조금 놀랐다. 저녁에 LM에게 이 이야기를 하자 그녀는 우리 자신보다 BP에 대해서 더 걱정했는데 왜냐면 BP에게 이 도서관은 삶의 전부나 마찬가지이기 때문이었다. BP에게 전화를 걸어봤지만 받지 않았다. 택시를 타고 그의 아파트에 갔지만 집에는 아무도 없었다. 우리는 근처의 바에서 술잔을 앞에 두고 허공을 응시하고 있는 그를 발견했다. 나는 그처럼 약하고 쓸쓸해 보이는 그를 이전에는 본 적이 없었다.

도서관 폐관식을 하자는 건 LM의 아이디어였다. 날짜는 위원회에서 책을 회수해 가기로 한 날보다 5일 전으로 정했다. 폐관식이 끝난 뒤에 책을 정리해서 포장하는 데 그 정도 기간이 필요할 것 같아서였다. 지역신문에 폐관식을 알리고 싶었지만 광고를 낼 예산이 없었다. 그래서 하는 수 없이 도서관 입구에 폐관식을 알리는 포스터를 붙인 입간판을 세우고 출입문에도 안내문을 붙였다.

어느 날 보니 출입문에 종이가 붙어 있었다. 그건 편지였고 받는 사람은 도서관이었다. 그는 도서관에게 지켜주지 못해 미안하고 그동안 곁에 있어줘서 고맙다고 했다. 나는 그 편지를 그대로 뒀다. 저녁이 되자 두 장이 더 붙었다. 편지는 날마다 조금씩 늘어났는데 어떤 날은 그 밑에 초가 타고 있기도 했고 어떤 날은 꽃다발이 놓여 있기도 했다.

BP는 도서관에 다시는 오려 하지 않았다. 그러나 폐관식에 와서 짧게 연설을 해달라는 부탁은 거절하지 않았다.

베니스터 폴센에 대해 2

폐관식 날 아침에 위원회에서 연락이 왔다. 운송회사의 사정으로 그날 책을 회수하게 됐다는 것이었다. 전화를 끊고 얼마 안 있어 정말로 트럭이 도착했다. 곧이어 캐서린 헌트도 재단 직원들을 이끌고 도착했다. 그들은 효율적으로 일했다. 도서관의 장서 목록과 서가의 책을 대조한 다음 확인을 마친 책은 상자에 넣어 곧 트럭으로 실어 날랐다. 목록과 맞지 않는 책이 몇 권 있었지만 그들은 그런 건 대수롭게 생각하지 않았다. 나와 LM, BP, 윌킨스 부부가 했다면 사나흘도 더 걸렸을 일을 그들은 단 몇 시간 만에 모두 해치웠다.

트럭과 직원들이 떠난 그곳은 더 이상 도서관이라고 할 수 없었다. 남은 책이라고는 지하 자료실의 몇 권뿐, 서가는 텅 비어 있었고 열람실 책상과 의자는 구석으로 밀려나 있었다. 바닥에는 온통 떨어져 나온 책장과 종이 부스러기, 먼지투성이였다.

행사는 조금 늦게 시작됐다. 폐관식에 조금 일찍 온 사람들은 처음에는 서가가 텅 빈 걸 보고 놀랐다가 하나씩 우리를 돕기 시작했다. 제이독과 머피는 윌킨스 씨와 함께 바닥과 서가를 청소했다. 헤수스는 테이블을 깔았고 요코 아키노와 아리스는 윌킨스 부인을 도와 음료와 간식을 차렸다. 재니스와 LM은 리본을 매달았다. BP는 입구에서 프로그램을 나눠주며 인사를 했고 앳킨스 씨는 사람들을 자리로 안내했다.

모인 사람은 서른 명 정도로 모두 도서관에 자주 드나들어서 익숙한 얼굴이었다. 나는 우선 서가가 빈 것에 대해 사과했다. 그럴 필요는 없었지만 그래야 할 것 같았다. 첫 순서로 도서관의 역사를 조금 길게, 폐관에 이르게 된 경위를 짧게 발표했다. 다음에는 LM이 도서관 앞에 붙은 편지 중에서 미리 옮겨둔 몇 장을 읽었다. 그다음으로는 윌킨스 씨와 윌킨스 부인을 소개했다. 내가 짧은 연설을 부탁하자 윌킨스 씨는 주머니에서 종이를 꺼냈는데 그걸 읽은 건 윌킨스 부인이었다.

손님들에게 인사의 말을 부탁했다. 제일 먼저 일어난 건 머피였다. 그는 목을 가다듬더니 모두에게 30초만 눈을 감아달라고 부탁했다. 잠시 후 '꿈꾸는 호펜타운'의 오프닝을 알리는 밥 호프의 구성진 목소리가 도서관 안에 울리기 시작했다. 목소리는 세상 어디에도 없는 책들을 위한 도서관이 문을 닫는 오늘은 책들이 사라져서 슬픈 날이면서 책을 사랑하는 사람들이 함께 모여서 기쁜 날이기도 하니 걱정은 미뤄두고 모두 이 파티를 행복하게 즐기자고 말했다.

제이독이 손을 들며 혹시 입으로 드럼비트를 낼 수 있는 사람이 있으면 자기를 도와달라고 했다. 헤수스가 나섰다. 헤수스의 비트에 맞춰 제이독은 몸을 흔들면서 랩을 하기 시작했다. 그 내용은 지금 밖은 깜깜한 어둠, 도서관이 사라지고 빛이 사라지는 빌어먹을 차갑고 어두운 밤이지만 여기에는 작은 별, 밝은 빛이 있으며 그것은 바로 우리 안에, 마음속에 있는 책이라는 내용이었다.

헤수스는 노래를 불렀다. 그건 그 자리에는 전혀 어울리지 않는 노래였지만 꽤 잘 부르기는 했다. 자리로 들어가기 전에 헤수스는 이 도서관에서 책이 완전히 사라지게 되는 일은 바라지 않으며 그런 일은 없을 거라고 말했다.

앳킨스 씨는 셰익스피어의 희곡 중에서 맥베스의 독백을 암송했고 재니스는 금방 적은 게 분명한 「반딧불이」라는 짧은 시를 낭송했다.

요코 아키노와 아리스는 모든 사람에게 크랜베리 잼을 한 병씩 나눠줬다.

마지막은 BP의 차례였다. BP는 간단히 자기소개를 한 다음 주머니에서 종이를 꺼내 읽기 시작했다. 그건 연설문이 아니라 그가 쓴 짧은 이야기였다. 주인공은 이제 막 세상에 태어나 아무것도 쓰이지 않은 어린 책이었다. 책은 한 아이와 친구가 되지만 더 넓은 세상을 보기 위해 길을 떠나서 다양한 사람을 만난다. 처음에는 사람들이 책의 빈 종이에 글을 쓰고 그림을 그린다. 그러나 시간이 지나자 그들은 누군가 먼저 쓴 글을 지우고 다른 글로 고치고 책장을 찢어서 훔치고 심지어는 책을 불태우려 한다. 망가져서 표지밖에 남지 않은 책은 노인이 된 아이를 다시 만난다. 노인은 표지 안쪽의 빈 곳에 자신의 삶을 몇 줄로 적는다.

베니스터 폴센에 대해 3

파티는 조용했다. 음악도 없었고 큰 웃음소리도 없었다. 그저 도서관과 책에 대한 이야기들이 작은 목소리로 책이 사라져 텅 빈 공간에 메아리칠 뿐이었다.

그런데 누군가 이제 도서관에는 책이 단 한 권도 남지 않은 거냐고 물었다. 나는 지하 자료실에 아직 기증자가 찾아가지 않은 책이 몇 권 남아 있는데 폐관일까지 찾아가지 않으면 아마 위원회에서 그 책을 모두 수거해서 폐기하게 될 것 같다고 말했다. 그러면 그걸 여기 온 사람들에게 나눠주면 안 되느냐고 물어서 누가 억지로 훔쳐가기라도 한다면 모를까 도서관에는 그걸 처분할 권리가 없다고 말했다. 그러자 누군가 남아 있는 책들을 기념하기 위해 모의 경매를 해보는 게 어떻겠느냐고 제안했다.

경매를 시작하기 전에 나는 우선 이 책들은 모두 빈센트 쿠프만VK이라는 사람이 기증한 것으로서 서지 정보는 확인되지 않았지만 검토 결과 매우 희귀하고 재미있는 책들이라고 설명했다. 그리고 VK와 연락이 닿지 않아 이 책들을 돌려줄 수 없는 점이 아쉽다고 덧붙였다. 그가 책 도둑이라는 말은 하지 않았다.

경매가 시작되자 분위기가 밝아졌다. 경매 절차는 내가 진행했고 옆에서 LM이 보조했다. LM이 책을 들어 보이면 내가 VK의 기증확인서에 적힌 개요를 읽으며 책에 대해 설명했다. 낙찰받은 사람은 앞으로 나와서 책을 받아 가며 바구니에 돈을 넣었다.

『꿈』은 불면증이 있어 보이는 50대 여자에게 낙찰됐다.

『하향 나선』을 받은 남자는 몇 페이지를 넘기더니 곧 책에 푹 빠져들었다.

『손으로 만드는 기타』를 낙찰받은 건 10대로 보이는 여자애였다. 어쩐지 그 애는 앞으로 음악가가 될 것 같았다.

『아메리카-악령의 땅』을 낙찰받은 여자는 어딘가 좀 음산해 보여서 난 여자가 몰래 이 책을 가져가지는 않는지 감시해야겠다고 마음먹었다.

『페퍼에 관한 모든 것』은 가브리엘 헤수스에게 돌아갔다. 그는 책을 받자마자 배고픈 사람이 입속에 음식을 넣듯 책장을 넘겼다.

『시체를 처리하는 방법』은 제목이 재미있어 보여서였는지 꽤 경쟁이 있었는데 결국 제이독이 낙찰받았다.

『살아 있는 악몽들』이 경매에 올랐을 때는 두 남자가 붙었다.

둘은 경매가를 높일 때마다 자기 몸에 새긴 문신을 하나씩 더 꺼내 보였는데 그때마다 여자들이 휘파람을 불어댔다.

『너의 신에게 기도하라』를 낙찰받은 남자는 너무 조용해서 경매에 참여하기 전까지는 거기 있는지 눈치채지 못했다.

『야외의 연인들』을 낙찰받은 여자는 책을 폈다가 갑자기 난처한 얼굴로 책을 닫았다.

『썩은 난초』를 낙찰받은 건 재니스였다. 아직 해야 할 욕이 남은 모양이었다.

『짐머』,『무한의 기원에 대하여』에 도전한 건 체크무늬 셔츠를 입은 쌍둥이였다. 난 이날까지 그 둘이 같은 사람인 줄 알고 있었다.

『스도큐빅스』를 낙찰받은 건 문신 남자 중 하나였다. 그 책은 왠지 그에게 어울렸다.

『순진무구한 칼날』은 앳킨스 씨의 손에 들어갔다. 나는 그가 그 책을 보며 어떤 무대를 상상할지 궁금했다.

머피는『공의 책』을 최저 입찰금액인 1달러에 낙찰받았다. 그가 응찰하자 아무도 그와 경쟁하려 하지 않았던 것이다.

『나는 어떻게 성공적인 꾀병쟁이가 됐나』를 3달러에 낙찰받은 사람은 어쩌면 의사나 간호사인지도 몰랐다.

『이 책을 빌리지 마라』를 낙찰받은 건 캐서린 헌트였다. 그녀가 언제 도서관에 들어왔는지 모르겠다. 그녀는 이 책의 경매가 시작되자마자 200달러를 불렀고 경쟁자는 없었다. 그녀에게 이게 모의 경매라는 걸 아느냐고 물었더니 분명히 안다고 대답했다. 경매는 모의지만 경매액은 도서관에 기부하는 것도 아니냐 물었더니 그것도 안다고 대답했다.

요코 아키노는 자신을 위해서는 『아메리칸 핫도그』를, 아리스를 위해서는 『광대』를 낙찰받았는데 낙찰가가 꽤 높았다.

화집인 『북쪽으로의 여행』은 경쟁이 뜨거웠다. 『파리의 나날』도 꽤 응찰이 많았는데 낙찰받은 건 놀랍게도 윌킨스 씨였다.

가장 경쟁이 치열했던 건 『장서표의 책』이었는데 애서가들이 이런 책에 눈독을 들이지 않을 리가 없었다.

반면 소설은 인기가 덜했다. 그중 『움빌리카』는 BP에게 차례가 돌아갔고, 윌킨스 부인은 『찻주전자가 있는 정물화』를 낙찰받았다.

『일곱 얼굴의 남자』, 『폭풍 속의 줄』, 『메트로』, 『용의 왕』, 『보이지 않는 달』, 『모노폴리: 전술과 기술』도 저마다 누군가의 손에 들어갔다.

원칙적으로는 안 되는 일이지만 나도 경매에 참여했다. 내가 낙찰받은 건 『당신이 읽을 수 없는 100권의 책』이었다. 나는 이 책을 위해 32달러를 썼다.

LM은 『프로스페로의 꿈』을 낙찰받기 위해 내게 50달러를 빌렸다.

경매가 끝난 뒤 사람들은 낙찰받은 책을 서로 돌려보며 이야기를 나눴다. 여전히 음악도 웃음소리도 없었지만 아까보다는 화기애애했다. 심지어는 BP도 캐서린 헌트와 이야기를 나누고 있었다.

윌킨스 부인이 조금 떨어져 있는 윌킨스 씨에게 지하실 출입문은 끝내 고치지 않을 거냐고, 윌킨스 씨는 그 문은 아주 글러먹어서 그건 자기로서는 도저히 고칠 수 없다고 말했다. 그럼 자물쇠라도 해놓지 않았느냐고 묻자 그마저도 삭아서 누군가 절단기는커녕 파이프 같은 것을 집어넣고 조금 힘만 줘도 끊어지고 말 거라고 대답했다. 그리고 그런 걸 도둑이 알게 되면 큰일이라고도 덧붙였다.

BP는 캐서린 헌트와 함께 있는 자리에 나를 부르더니 이제 일이 어느 정도 마무리됐으니 여행이라도 다녀오면 어떻겠느냐고 물었다. 도서관은 자기가 지키고 있을 것이며 잠귀가 어둡기는 하지만 어차피 훔쳐갈 것도 없는 도서관이니 아무런 문제가 없다는 것이었다. 그래서 나는 캐서린 헌트에게 휴가를 다녀와도 좋겠느냐고 물었고 그녀는 안 될 게 뭐 있겠느냐고 대답했다.

행사를 마치고 도서관을 떠나면서 사람들은 자신이 낙찰받은 책을 다시 책상 위에 올려놓았다. LM은 그들 모두에게 스케치북에서 한 장씩 그림을 떼어 나눠줬다. 파티를 하는 동안 틈틈이 그들을 그린 스케치였다. 나는 그들에게 우리—즉 나와 그녀를 말하는 것이었다—는 열흘 정도 휴가를 떠날 계획이라고 말했다.

그 뒤의 이야기

우리가 여행을 다녀오는 동안 도서관에 도둑이 들었다. 도둑은 한밤중에 지하 자료실로 통하는 문을 뜯고 들어왔다. 윌킨스 씨가 끝내 못 고친다고 말했던 그 문이었고 사라진 건 VK가 기증한 책들 전부였다. 버나드 경관이 와서 CCTV에 저장된 영상을 보자고 했지만 그전에 책을 회수하던 날 컴퓨터도 가져갔기 때문에 남은 영상은 없었다. 그는 처음에는 우리에게 이것저것 물었지만 며칠 뒤 찾아와서는 증거도 증인도 없는 데다 재단에서 어떤 여자가 전화를 걸어와 도서관에는 아무런 손해가 없다고 확인해줬다면서 자기들로서는 더 이상 조사를 계속하기 어렵다며 미안하다고 말하고는 돌아갔다.

재단은 내 새 직장을 알아봐줬다. 호펜타운에서 차로 네 시간쯤 걸리는 작은 도시의 도서관이었다. 그곳은 여러모로 호펜타운과 비슷한 곳이었다. 그곳 도서관에는 우리가 묵을 수 있는 곳이 없었기 때문에 우리는 그곳에 작은 아파트를 얻기로 했다.

우리는 내 책들과 도서관에 있던 짐들을 모두 정리했다. 어떤 건 버리고 어떤 건 도서관 앞에 쌓아놓아 누구든 가져가게 하고 어떤 건 주위 사람들에게 줬다. 새 아파트로 옮겨야 하는 물건은 정말 얼마 안 됐다.

나는 VK의 주소로 그를 찾아가 봤다. 그의 아파트는 비어 있었다. 관리인에게 물으니 그곳에 살던 사람은 얼마 전에 이사를 갔으며 어디로 갔는지는 모른다고 했다. VK의 인상착의를 설명하자 그 사람이 맞는 것 같지만 이름은 빈센트 쿠프만이 아니고 버논 카렐이라고 정정해줬다. 관리인은 그가 일하던 직장을 알려줬다.

VK가 일하던 곳은 창고가 돼 있었다. 주위에 물으니 그곳에 인쇄 공장이 있었는데 얼마 전 완전히 문을 닫고 기계도 모두 어디론가 실어 갔다고 했다.

VK가 기증한 책들에 대한 정보를 찾을 수 있던 유일한 창구인 인터넷 블로그도 닫혀 있었다. 서비스 업체를 검색해보니 그 블로그의 주인은 빅터 크루거라는 사람이었다. 그 이름은 어디선가 본 적이 있었는데 바로 『당신이 읽을 수 없는 100권의 책』의 저자였다.

나는 혹시나 싶어 호펜타운 경찰서에 찾아가 버나드 경관을 만났다. 그에게 혹시 버논 카렐이라는 절도범이 체포된 적 있는지 물으니 그런 사람은 없다고 했다. 그래서 빈센트 쿠프만이나 빅터 크루거라는 절도범은 없었는지 물으니 그런 이름도 없다고 했다.

VK는, 그의 진짜 이름이 무엇이든, 결국 도서관 문을 완전히 닫는 날까지도 나타나지 않았다.

호펜타운을 떠나기 전날 밤 BP는 우리에게 저녁을 사줬다.

식사가 끝난 뒤 BP는 책을 훔쳐간 범인은 분명 폐관식에 찾아온 사람 중 하나임에 분명하다고 했다. 그래서 나는 그건 한 사람일 수도 있고 어쩌면 여러 명일 수도 있다고 말했다. 내가 도둑이 누가 됐든 그가 그 책들을 좋아해서 훔쳐간 거라고 믿고 싶다고 하자 BP는 그게 분명 맞을 거라고 했다. 그렇지 않다면 돈도 되지 않는 그런 책들을 뭐 하러 훔쳐가겠느냐는 것이었다.

나는 VK를 찾아갔던 것과 그러면서 내가 알게 된 것들을 이야기했다. 그의 본명이 버논 카렐이라는 것과 인쇄 공장에서 일했다는 것과 그 인쇄 공장은 이제 없어졌고 VK도 어디론가 떠났다는 것과 그리고 어쩌면 그가 빅터 크루거라는 가명으로 블로그를 운영했을지도 모른다는 것까지.

모든 불가능한 경우를 제외하고 남는 단 한 가지 경우가 있다면 아무리 말이 안 된다 해도 그게 바로 해답이라고 셜록 홈스는 말했다. 우리가 얻은 해답은 VK가 다른 사가본 기증자들처럼 책을 직접 써서 기증했다는 것이었다. 사실은 직접 썼다는 말로는 부족하다. 그는 서른두 권이나 되는 책 모두 글을 쓰고 그림을 그리고 사진을 찍고 조판하고 표지를 디자인하고 인쇄해서 제본했다. 그렇게 생각하면 그의 행적과 책들에 관한 수수께끼가 남김없이 모두 풀렸다. 우리는 잠깐 아무 말도 할 수 없었는데 도대체 한 사람이 30권도 넘는 책을 직접 만드는 게 어떤 일인지 감이 잘 잡히지 않아서였다.

한 가지 의문이 남았다. 그는 왜 그 많은 책을 직접 만들었을까. 그건 한 사람이 하기에는 지나치게 오랫동안 수고를 들여야 하는 일이었고 장난, 야망, 복수, 실험 등은 그 이유가 아니었다. 나와 BP는 아무리 생각해도 답을 찾을 수 없었다.

지겨워서. LM이 작은 목소리로 말했다. 그 순간 나와 BP는 그녀의 말이 맞다는 걸 알았다.

BP는 우리를 도서관까지 태워다줬다. 마지막으로 한 번 더 도서관을 둘러보지 않겠느냐고 청했지만 그는 이제 충분하다면서 돌아갔다.

다음 날 우리는 도서관에서 짐을 싣고 새로운 곳으로 이사했다.

떠나기 전까지 이 책의 원고를 마무리하고 싶었지만 마지막 장은 결국 이사한 후에야 마무리 짓게 됐다.

책의 출간에 드는 비용은 폐관일의 모의 경매에서 걷은 기부

금으로 거의 충당할 수 있었다. 다시 한 번 폐관식에 참석해 도서관의 마지막을 함께해준 여러분들에게 감사를 전한다(이 책은 그들에게 한 권씩 보내기 위해 만들어졌다). 그들 중 누군가가 그 책들을 가져갔을지 모르지만 그건 이제 중요하지 않다. 그 덕분에 VK의 책들이 사라지지 않고 지금도 세상 어딘가에 남아 있다고 생각하면 그이상 기쁘고 반가운 일이 없다. 분명 VK도 그걸 바라고 있을 것이다. 그리고 책도. 세계도.

마지막으로 이 이야기를 적어두겠다.

우리는 지난주에 이곳으로 옮겼다. 이곳도 호펜타운만큼이나 경치가 좋다. 아직 낯설지만 우리는 벌써부터 이곳을 좋아하기 시작했다.

어제 짐 정리를 하다가 책꽂이에서 봉투 하나를 발견했는데 그 봉투는 우리 둘 다 처음 보는 것이었다. 봉투를 열어보니 책이 두 권 들어 있었다. 한 권은 내 것이고 한 권은 LM의 것이었다. 그 책들의 제목을 여기 적지는 않겠지만 당신은 내가 무슨 말을 하려는지 알 것이다.

작가의 말

이 이야기를 쓴 2019년에는 작가를 그만두려고 생각하고 있었다. 등단한 지 9년이 됐는데 발표한 건 책 두 권뿐이고(그중 하나는 등단작이었다) 단편 청탁은 없고 장편 투고는 몇 년째 거절당하는 중이었다. 계속 글을 쓰는 게 무의미하게 여겨졌다. 그만두기로 마음먹는 건 어렵지 않았다. 마지막으로 이야기 하나만 더 쓰면 될 것 같았다. 그래서 그 이야기를 쓰기로 했다. 이왕이면 이야기에 어울리는 그림도 그려 넣고 싶었지만 거기까지 공을 들이면 마음이 기울 것 같아 그러지 않았다. (본문 중의 그림 대부분은 출간이 결정된 뒤 그린 것이다.)

다 쓰고 보니 출간은 어려워 보였다. 지금 이곳의 문제와 너무나 동떨어진 데다가 문학판에 낄 자리도 없을 것 같았다. 그래도 공모전에 원고를 보낸 건 그것이 일종의 의무라 여겼기 때문이다. 글을 쓰느라 보낸 지난날에 대해 예의를 다하는 것. 그래서 당선을 알리는 전화가 왔을 때는 여러모로 놀랐다.

여기까지 읽었다면 눈치챘겠지만 이 이야기에는 뚜렷한 주제도 교훈도 메시지도 없다. 단지 책과 도서관에 대한 백일몽에 가까운 공상이 있을 뿐이다. 그럼에도 이 이야기가 당신에게 뭔가 속삭이는 기분이 든다면 그건 다음과 같은 내용일 것이다. 당신이 어떤 책을 찾고 있는데 그 책이 세상에 없다면 그 책을 써야 하는 사람은 바로 당신이라는 것. 팬픽을 종종 읽는 딸이 그걸 간단하게 정리해 줬다. '읽고 싶은데 없으니까 내가 쓴다.'

작가에게는 언젠가 때가 되면 쓰리라 생각하며 미뤄놓고 있는 이야기가 있다. 내겐 이 이야기가 그랬다. 당신에게도 그런 이야기가 있을 것이다.

2020년 3월
오수완

추천의 말

『도서관을 떠나는 책들을 위하여』는 현실의 구정물이 튈까
봐 소란한 한국으로부터 문득 이륙, 아득한 가상의 사막에 공들여
구성한 인공신기루 같은 소설이다. 이 소설의 주인공은 도서관이
다. 곧 식당으로 개조될 호펜타운의 반디멘 재단 도서관의 사서 에
드워드 머레이가 빈센트 쿠프만 컬렉션을 중심으로 도서관의 사
람들조차 목록적으로 정리한 실록이 이 작품의 몸통인데, 말하자
면 이 소설은 한 편의 긴 농담이다. 이 때문에 이 독특한 재능이 철
지난 포스트모더니즘의 뒤늦은 도착처럼 보이기도 하지만, 그 끝
에 반전이 숨어 있다. "사람은 책이다. 그를 오래도록 읽고 또 읽어
야 한다."(88면) 반인간주의로 위장한 인간주의 또는 인문주의가
오롯한바, 이 소설은 위기에 처한 인문주의를 위한 만가요, 그 참
을 수 없는 변증인 것이다. **최원식(문학평론가)**

이 소설은 책의 물성과 도서관의 인문적 정체성이 사라져가는 이 시대, 책에 대한 서지학적 연서라고 할 수 있다. 한 도서관의 이야기이면서 한 도시와 커뮤니티, 그리고 인간성의 구원에 대한 서사이기도 하다. 책과 도서관 이용자들을 둘러싸고 그 공간에서 벌어지는 일들은 인간에 대한 편견을 들춰내 결국 삶의 다양성과 존엄성에 대해 질문한다. 책은 어떻게 태어나며 무엇을 말하는가, 어떻게 독자와 조우하며 또 버림받고 잊혀서 죽음을 맞는가, 그리고 책의 죽음에 대해 말하는 것은 왜 삶에 대한 연가가 되는가. 모든 책에는 각자의 운명이 있다. 아니 모든 인간들은 저마다의 운명을 지니며 소멸 속에서 연대한다. **은희경(소설가)**

『도서관을 떠나는 책들을 위하여』는 '책을 떠나는 인간들을 위하여' 쓴 작품이다. 세상에는 단 한 권뿐인 책이 있고, 단 한 명뿐이 읽지 않은 책도 있다. 한 권뿐인 책은 가치 있고, 한 명뿐이 읽지 않은 책은 그렇지 않다고 누가 단언할 수 있겠는가. 인생을 가장 닮은 예술의 형식이 장편소설이라면 이 작품은 완벽하다.

인생과 소설이 고립의 형식으로 닮아가고 있는 과정을 작가 오수완은 책이라는 텍스트와 그 텍스트가 머무는 도서관을 통해 보여준다. 아주 쓸쓸하지만 담백하다. 쓰는 존재와 읽는 존재가 만나는 도서관. '어디에도 없는 책들을 위한 도서관'은 '어디에도 없는 인간들을 위한 도서관'이지만 '어디에나 있는 인간들을 위한

이야기'다. **방현석(소설가·중앙대 교수)**

명징한 지성이 감싸고 있는 사유와 상상의 소설 언어가 매혹적이다. 말과 사물은 서로를 단단히 껴안고 흘러가면서 세상이라는 책, 세상이라는 도서관을 짓는다. 한국 소설에서는 보기 드문 공중전의 상상력이 일품인데, 진공의 책장에 숨을 불어넣는 언어의 힘만으로도 이 소설의 성취는 뚜렷하다. 소설의 문장들이 이끄는 미세한 떨림과 번짐의 흐름을 따라가다 보면, 기발한 확장과 펼침의 백과전서적 상상이 우리 내부의 이야기로 이미 접히고 연결되는 문턱을 즐겁게 만나게 된다. **정홍수(문학평론가)**

가상의 도시에 가상의 도서관이 있고 가상의 도서관에는 가상의 장서가 소장되어 있다. 독자들이 소설 속 가상의 공간과 인물들을 어색해하지 않고 우리가 그 진위를 궁금해하지 않는 것은 그것이 소설이라는 것을 이미 알고 있기 때문이다. 어색하기는커녕 이보다 더욱 견고하고 실제적인 것을 보지 못한 느낌이다. 소설 속 도서관의 장서들에 대한 느낌은 이를 뛰어넘는데 이 장서들이 현실 세계에 실제로 존재하는 것은 아닌가 하는 생각마저도 들게 되었기 때문이다. 사서인 에드워드 머레이는 도서관의 장서 서른두 권을 요약해 기록으로 남긴다. 작가의 다재다능함을 보여주는 이 그럴듯한 기록을 보고 있자면 도서관의 장서들이 정말로 어딘가에 있을 것 같은 생각이 들다가도 단지 소설 속 이야기일 뿐이라고 정신을 다잡게 되는 일을 반복하게 된다. 이 책이 매력적인 것은 이 아슬아슬한 선을 내내 유지하면서 독자들의 궁금증을 유발한 다는 점일지도 모른다고 생각했다. 작가가 매일 자신의 책상에 앉아 구축한 가상의 거리에서 장서의 진위에 대해 고심하며 헤맬 독자들을 생각하는 것만으로도 이 소설은 꽤 유쾌하다. 그 세계는 익숙하면서도 새롭고 새로우면서도 익숙하다. **하성란(소설가)**

책과 삶이 이렇게 아름답게 융화된 소설은 읽은 적이 없다. 『도서관을 떠나는 책들을 위하여』는 책이, 도서관이, 우리의 생이 현재라는 비좁은 시간 안에만 갇히지 않고 미래에도 세상 어딘가에 남아 있을 것이라고 믿는 사람의 이야기다. 책도 세계도 사라지지 않는 미래를 떠올릴 수 있게 한 오수완의 상상력과 지적 탐험의 깊이가 놀랍다. **강영숙(소설가)**

출판사를 통해 책을 내고 그 책이 도서관에 보관되는 일은 작가를 꿈꾸는 수많은 사람 중 일부에게만 허락된 좁은 문이다. 따라서 직접 쓰고 그리고 제본하여 만든 희귀본, 즉 세상에 없는 책을 소개하는 이 카탈로그는 현대 출판 시스템이 책이라 부르지 않는 수많은 꿈들의 목록이다. 탈락한 꿈들의 목록은 도서관을 벗어난 지성이고 시스템이 누락한 감성이며 승자보다 빛나는 패자들이다. 이토록 화려한 패자부활전을 관전하지 않는 자, 누구라도 후회의 맛을 보게 될 것이다. **박혜진(문학평론가)**

제16회 세계문학상 수상작

도서관을 떠나는 책들을 위하여

초판 1쇄 발행 2020년 4월 7일
초판 4쇄 발행 2021년 12월 1일

지은이 오수완
펴낸이 이수철
주　간 하지순
교　정 구경미
디자인 권석중
마케팅 안치환
관　리 전수연

펴낸곳 나무옆의자
출판등록 제396-2013-000037호
주소 (10449) 경기도 고양시 일산동구 호수로 358-39 동문타워1차 202호
전화 02) 790-6630 팩스 02) 718-5752
페이스북 www.facebook.com/namubench9

© 오수완, 2020

ISBN 979-11-6157-093-8 03810